JN027427

十字路

CROSSROADS

五十嵐貴久

双葉社

十字路

装丁　bookwall
写真　Adobe Stock / Mr Twister
　　　Adobe Stock / alexpolo

第一章　暗夜

1

校長室中央の応接セットに、制服のブレザーを着た詩音《しおん》と佐久間《さくま》校長が座った。金原洋美《かねはらひろみ》はその後ろに立ち、文部科学省主催の全国学生絵画コンクールで優秀賞に選ばれた詩音の絵を両手に持った。

すぐ終わります、と東洋新聞の腕章を巻いた記者がファインダーを覗《のぞ》き、二十回ほどシャッターを切ると、オーケーですと笑った。洋美は絵をイーゼルに立て掛け、二人の向かいに腰を下ろした。

詩音が照れ笑いを浮かべた。おとなしそうなルックス通り、人見知りなところがある。

高校一年生としては小柄な方で、派手な美しさはないが、小造りな顔に大きな瞳と少し尖《とが》った顎がバランスよく並び、整った顔立ちだ。

目に浮かぶ色の深さが、海を思わせる。上級生の男子生徒から人気があるのは、洋美も知っていた。

改めておめでとうございます、と記者が言った。

「高校生の部で優秀賞ということは全国二位、一年生としてはトップです。五人の審査員も絶賛してましたよ。受賞の知らせを聞いて、どう思いましたか？」

驚きました、と詩音が目を伏せたまま答えると、我々もね、と佐久間が話に割り込んだ。

「もちろん、素晴らしい絵だとわかってましたが、優秀賞とまでは思ってませんでした。嬉しさ半分、驚き半分……金原先生、そうですよね？」

はい、と洋美は苦笑を押し殺してうなずいた。コンクールへの応募は洋美と詩音で決めたことで、佐久間は絵を見てもいない。

出品したのは六月末だ。二学期が始まったその日に文科省から連絡があり、一週間後に協賛していた東洋新聞の朝刊で大きく扱われた。

最優秀賞を獲った兵庫の高校三年生と、優秀賞の詩音ともう一人の絵の講評が紙面に載ったが、審査員の一人は天才と七回書いたほどで、佐久間が胸を張るのも無理はない。

「指導された金原先生はどう思われましたか？」

記者の問いに、わたしは何もしていません、と洋美は答えた。

謙遜ではなく、中学一年の美術の時間に初めて詩音の絵を見た時から、この子に教えることはないとわかった。ギフテッド、生まれつき才能を持っている者、それが詩音だ。

約二十年前、私立の美術大学に入学して一年も経たないうちに、洋美は画家になる夢を諦《あきら》めた。百人の学生がいるとすれば、上位五人に入る自信があったが、飛び抜けたトップにはなれないと悟ったからだ。

世の中にはどうしようもない天才がいる。どれだけ努力しても、手は届かない。

ただ、才能を直感で理解できる能力が洋美にはあった。神代《じんだい》学園の美術教師になって十五年が経つ。

今まで、千人以上の生徒を教えた。優秀な者は一学年に数人いたが、詩音レベルの天才は他に一人しかいなかった。

神代学園は私立の小中高一貫校で、洋美は中学と高校で美術を教えている。絵に集中できる環境を整え、詩音を見守り続けた。

手取り足取り教えることもできたが、あえて何もしなかった。その判断は正しかった、と洋美は安堵《あんど》の息を吐いた。

天賦の才能を伸ばすのは詩音自身で、誰であれその妨《さまた》げになる。今回は優秀賞だったが、いずれもっと大きなトロフィーを手にする日が来るだろう。

洋美はイーゼルに目を向けた。百合の花束を真上から描いた絵だ。独特な構図で、花びら一枚一枚を丁寧に描き分けている。

テクニック、タッチ、色、構成力、どれを取ってもプロのレベルだ。高校生が対象のコンクールでは、かえって不利だったかもしれない。

記者が質問を始めたが、詩音は困ったような表情を浮かべるだけだった。人見知りなところがあって、と佐久間が言い訳した。窓を秋風が叩いていた。

2

　早く早く、と喫茶店のレジ前で古沢佳奈《ふるさわかな》と沢口薫《さわぐちかおる》が笑いながら手を振った。わかったよ、と山《やま》部和久《べかずひさ》が恭介《きょうすけ》の肩を押した。

　一週間前、一月八日に成人式があり、高校のクラスメイトと久しぶりに顔を合わせた。卒業して約三年が経つ。誰からともなく同窓会の話が出て、気づくと恭介は幹事を押し付けられていた。佳奈と薫が手を上げ、二人に推された山部と今日の一時にJR市ケ谷駅前の喫茶店で打ち合わせを始め、三月三十一日の日曜日に市ケ谷のイタリアンレストランで同窓会を開くことになった。

　それで終わるはずだったが、高校に行ってみよう、と薫が言い出した。

　お前らはさ、と山部がコーヒーカップを傾けた。

「小学校から神代学園だから、懐かしいだろうさ。十二年も通ってりゃ、思い入れもあるよな。だけど、俺は高校からだしな」

　ごちゃごちゃ言わないの、と佳奈が肘で山部の脇腹をついた。

「いいじゃん、磯山《いそやま》先生と全然会ってないんだし、同窓会にも呼ぶでしょ？　挨拶ぐらいしておこうよ」

　イソヤマが担任で助かったよ、と山部がため息をついた。

「修学旅行で曽根《そね》たちとビールを飲んでたら、イソヤマに見つかってさ。調子に乗っただけなんだけど……見なかったふりをしてくれた。面倒臭かったのかな？　そういう人だったろ？」

恭介はうつむいた。高校のことは思い出したくなかった。

チビの佐々木《ささき》、略してチビサと呼ばれ、からかわれることも多かった。友人と呼べる者もいない。

それでも成人式に行ったのは、彼と会えるかもしれないと思ったからだ。同窓会の幹事になった理由も同じだ。来るはずもないとわかっていたが、万にひとつの可能性を信じている自分がいた。

レジで支払いを済ませて店を出ると、チビサ、と佳奈が大声で呼んだ。

「何してんのよ、もう三時だよ？　磯山先生が帰ってたら、あんたのせいだからね」

大学でチビサと呼ぶ者はいないが、扱いはどこでも同じだ。誰からも必要とされない、チビの佐々木。

駅から神代高校までは歩いて十分ほどだ。通学路を進むと、金網越しに神代小学校の校庭が見えた。

子供たちがソフトボールの練習をしている。四十代半ばの先生が、小さな女の子にバットを持たせ、素振りの補助をしていた。

うちらの時と同じだね、と薫が指さした。

「あの頃もさ、ああやって放課後にソフトボールを教えたり、手品を見せてくれたり、今ならすぐタネがわかるけど、小学生はびっくりするよね。優しい先生だったな」

しゃがみ込んで目線を合わせたその先生が、女の子のグリップを直し、また素振りが始まった。

先月、椎野《しいの》とここで会ったんだ、と山部が言った。不意に彼の名前が出てきて、恭介は思わず足を止めた。

「椎野と会ったのか？」

すれ違っただけだ、と山部が言い直した。

「ラグビー部の後輩の練習を見に来たら、ここにあいつが立ってた。驚いたよ」

「話したのか？」

何だよ、と山部が笑った。

「怖い顔すんなって。あいつが話すわけないだろ？　声をかけたけど、目も合わせなかったよ」

「何をしてたんだ？」

グラウンドを見てた、と山部が指さした。

「今日と同じで、女の子がソフトボールの練習をしてたな。お前、椎野と同じ明政大学だろ？　あいつ、大学でもあの調子か？　暗くてさ、クラスの誰とも話さなかった。変な奴だったよ」

女子には人気があった、と薫が話に加わった。

「高校の男子なんて、みんな子供っぽいでしょ？　でも、椎野くんは違った。背も高くてさ、無口なところもカッコよかった。山部くんとは大違い」

よしなよ、と佳奈が薫のブラウスの袖を引いた。行こうぜ、と山部が歩を進めた。

「三時を過ぎた。授業は終わってるだろ？　イソヤマが帰ってたら、何しに来たのかわからない」

そうだね、と山部に並びかけた恭介の耳元で、少しは気を遣ってよ、と薫が囁《ささや》いた。

「佳奈はさ、ずっと山部のことが好きだったんだよ。だから、無理やり幹事に引っ張ったんじゃない。ほんと、チビサって空気読めないよね」

恭介はわざとゆっくり歩いた。前を行く山部に、佳奈が話しかけていた。

3

都営地下鉄三田線千石《せんごく》駅のA1出入口から表に出たところで、織川俊秀《おりかわとしひで》は夜空を見上げた。夜七時過ぎから降り始めていた雨が強くなっていた。

二月十六日金曜日、夜十時半。いつもより駅前の人通りが少ないのは雨のせいだろう。

私立神代小学校の同僚四人と南北線市ケ谷《いちがや》駅近くの居酒屋に入った時は霧雨で、傘も差さなかったが、今は本降りだ。

予報では弱い雨だったのに、と織川は通勤用の黒い鞄から折り畳みの傘を取り出した。

三十分早く切り上げていれば、最終のバスに間に合ったのだが、この時間では歩いて帰るしかない。小降りになるのを待とうかとも思ったが、雨が止む気配はなかった。

五年半近く前の十月、四十歳になったのを機に、文京区新千石五丁目の新開都電車庫跡公園、通称都電公園近くに三十年ローンで家を買った。

二階建の3LDKで、小さいながら庭もついている。妻と娘、家族三人で暮らすには十分だった。

半年ほどかけて、物件を見に行った時の記憶が過《よぎ》った。社宅育ちの織川は一軒家に憧れがあった。

とはいえ、人生最大の買い物になる。簡単には決められない。予算には上限があるし、通勤の利便性も考えなければならなかった。

不動産屋に七、八軒の物件を紹介され、最終的に今の家を選んだ。千石駅から神代学園の最寄駅である市ケ谷駅まで約二十分と近く、閑静な住宅街で、徒歩圏内に公園が二つあるのが決め手だった。

その決断に後悔はないが、千石駅まで徒歩で二十分かかるのが唯一の難点だ。家のすぐ近くにバス停があるが、夜十時十分の最終バスを逃すと、歩いて帰るしかなかった。

晴れていればともかく、雨の日だと厳しいが、愚痴《ぐち》を言っても始まらない。こんな日もある、と織川は傘を差して歩き始めた。

教師はストレスが溜まりやすい職業で、同僚と酒を飲む機会もあるが、織川はめったに加わらなかった。他の教師たちとプライベートな付き合いもしない。

一人暮らしの母の具合が悪いので、横浜の実家に行く、と妻から電話があったのは昼だった。娘は所属する美術部教師の引率で、千葉県幕張《まくはり》の海浜公園に行き、特別スケッチ会に参加しているから、帰りは十時過ぎになる。

それまでに帰宅すればいいと思い、声をかけてきた同僚に付き合うことにした。断ってばかりだと何かとやりにくいのは、どんな職場でも同じだろう。

二次会の終わり間際になって、二人の教師が口論を始めた。そのため、店を出るのが三十分遅くなった。

仲裁に入らず、そのまま帰ればよかったと織川はぼやいたが、今さら、という話だ。

千石駅周辺にはファストフードショップや居酒屋、カラオケ店、ドラッグストアなどがあって人通りは多いが、国道千石線に入ると行き過ぎる人の数が目に見えて減っていた。

夜の十時半を回り、強い雨が降っている。何となく不安になって、織川は足を速めた。

このひと月ほど、帰宅する際に視線を感じることがあったが、それが頭のどこかに引っ掛かっていた。

公立、私立を問わず、教師の生活は意外と不規則だ。神代小学校の定時は朝八時と決まっているが、時間割通りに授業が終わっても、それで帰宅できるわけではない。

ソフトボール部の監督なので、週に三日、放課後に指導している。ＰＴＡの仕事や職員会議もある。

時には、モンスターペアレントのクレーム対応に追われることもあった。そんなことで帰宅時間は日によって違ったが、学校を出る時、あるいは電車に乗っている時、誰かに見られている気がして、辺りを見回すことが続いていた。

同僚に話すと、考え過ぎだと笑われ、それから口にしなかったが、敵意に似た何かが視線に潜んでいる、という想いが強くなっていた。

だが、強い雨の中を歩いていると、いつの間にかそんなことは頭から消えていた。ジャケットの背中に雨が染み込み、水を含んだ革靴が重くなっていた。

国道千石線をしばらく歩き、扶持《ふち》神社の交差点から住宅街に入り、都電公園の前を抜けると、住宅街の十字路が見えてきた。

直進すると、二十軒ほどの家が立ち並ぶ狭い通りに出る。織川の家はその中のひとつだった。

十字路に街灯があるが、強い雨のため、灯《あか》りは切れ切れにしか届いていない。傘と鞄を持ち替えた時、背後で大きな金属音がした。

反射的に振り返ると、こちらに走って来る若い男の姿が目に飛び込み、男がそのままぶつかって来た。

腹部に鋭い痛みを感じ、手を当てると生温かい何かが手のひらを染めた。血だ。

顔を上げると、男の手に刃物があった。助けてくれ、と織川は悲鳴を上げた。

傘で身を護ろうとしたが、男がその上から何度も刃物を突き立てた。喉が切れ、真っ赤な血が噴き出した。

織川は男の腕を摑んだが、薄いビニールの感触がしただけだ。滑った指に刃物が刺さった。

「誰か！」

喉を押さえ、織川は掠《かす》れた声を上げた。指の間から血が滴っていた。

その場にくずおれた織川の尻ポケットから男が財布を奪い、走り去った。雨が全身を叩いていた。

視界の隅に、赤い傘を差した人影が映ったが、不意に何も見えなくなった。

4

血まみれの男性が倒れている、と千代田区霞《かすみ》が関《せき》の警視庁本部通信指令センターに通報が入ったのは二月十六日午後十一時七分、場所は文京区新千石五丁目だった。

担当者はすぐに最寄りの交番、そして所轄する東千石署に情報を伝え、同時にカーロケーションシステムにより、現場付近にいたパトカー、巡回中の警官、そして警視庁刑事部捜査一課に連絡を入れた。入電を受けたのは、第三強行犯四係の淀屋清貴《よどやきよたか》警部補だった。

警視庁本部にも所轄署と同様に宿直制度がある。事件が起きた際は連絡担当を務める。

(二年半ぶりの宿直だっていうのに)

スピーカーホンから流れてくる情報をメモしながら、淀屋はつぶやいた。一昨年の一月、定期検診でステージ3の胃ガンが見つかり、二カ月後に手術を受けた。

手術は成功したが、その後の経過は順調と言えなかった。常に微熱があり、疲労感がいつまでも抜けない。

上司に異動を示唆《しさ》されたが、退院したのは五十六歳の誕生日で、定年まで四年という時期だった。今さら他部署でデスクワークをする気になれない、と淀屋はそれを断わった。

三十歳で所轄署から本庁に上がり、約二十五年刑事部の捜査に専念していたプライドがある。一度決めたら譲らない頑固な性格は、刑事部の誰もが知っていた。

他部署で慣れない仕事をさせる方がストレスになるという医師の判断もあり、しばらく自宅で療養した後、現場に復帰した。

淀屋としては捜査の第一線に戻ったつもりだったが、病後ということもあり、宿直のローテーションから外されていた。

医師の許可が下り、通常勤務に戻ったのは先月だ。久しぶりの宿直日に殺人の可能性が高い事件が起きたのは、巡り合わせがいいのか悪いのか、淀屋にもわからなかった。

事件が発生すると初動捜査は機動捜査隊、機捜が担当する。刑事部が動くのはその後になる。

第三強行犯四係には三十六名の刑事がいるが、係長の古田《ふるた》は淀屋より一歳上、五十七歳の警部だ。大学入学前に一浪しているため年次は同じで、公私共に親しい。

今日、警察学校の同期との飲み会のため、古田は午後六時に本庁を出ていた。携帯に連絡を入れると、しばらく頼む、と古田が言った。

酒が入っているのは声でわかったし、淀屋は統括主任の警部補だから、古田の不在時には代行して指揮を執ると決まっている。それでも了解を取るのが警察という組織だ。

四係の捜査員に連絡を入れ、機捜や所轄の報告があるまで待機と指示したが、自分は新千石の現場に行くと決めた。現場にいれば、詳細がわかり次第すぐ対応できる。

約十分後、搬送先の病院で男性の死亡が確認され、複数の創傷があったと連絡が入った。死因は大量出血によるショック死、明らかな他殺だ。

その報告を受け、午後十一時五十分、淀屋は桜田門の警視庁本庁から新千石五丁目へパトカーで向かった。

深夜のためか道は空《す》いていた。霞が関の料金所から首都高速に入り、護国寺の出口を出ると、約二十分で現場に到着した。

「さっきの公園は何だ？　古い電車の車両があったが……」

都電車庫跡公園です、とパトカーを運転していた若い警察官が隣で答えた。

「実は、自分はこの辺りの出身なんです。淀屋さんは聞いたこともないでしょうが、昔の都電が保存展示されてます。自分たちは都電公園と呼んでいました。子供の遊び場ですよ」

知らんなあと首を振ると、警察官が笑いを堪えた。小学校まで岡山で育った淀屋には、今もなまりが残っている。それがおかしかったようだ。

国道千石線にパトカーを停めると、脇道の手前に二台の警察車両が見えた。傘を差している三人は機捜の刑事だ。

運転席の警察官が拡大した地図を差し出した。

「ナビだとわかりにくいと思って、用意しておきました。そこの脇道を入ると、現場の十字路です」

「七味《しちみ》通り、と電柱に書いてあったぞ？」

近所の住人はそう呼んでます、と警察官が地図を指した。

「通称ですが、この辺りは道が入り組んでいるんで、その方が便利なんですよ。新千石五丁目の区画は台形のようになっていて、二本の国道、二本の都道に囲まれています」

地元だけあって、警察官は地理に詳しかった。

「北がJR大塚《おおつか》駅、南が地下鉄千石駅です。上の横棒は国道大塚線、今、自分たちがいるのは一番下の国道千石線で、七味通りを五百メートルほど進めば男が殺された十字路、その先は若葉《わかば》通りと名称が変わります」

「左側は都道だな？　A33号線とある。右は都道小石川《こいしかわ》線か……」

十字路を右に折れると涼風《すずかぜ》ストリート、と警察官が地図を指し示した。

「左は地蔵《じぞう》通りです。千石駅からだと、七味通りから十字路を越え、若葉通りを抜けて国道大塚線を渡ると大塚駅が見えてきます。国道千石線から左右どちらかの都道を歩くと遠回りになるので、この辺の人は抜け道として使ってるんです」

パトカーを降り、淀屋は辺りを見回した。典型的な住宅街で、大小さまざまな家が並んでいる。

午前零時十分過ぎ、やじ馬は見当たらなかった。マスコミもまだ来ていない。

こちらです、と待っていた機捜の原口《はらぐち》が先に立って歩きだした。脇道をしばらく進むと、十字路に数人の警察官、そして紺のブルゾンを着た鑑識員が立っていた。

「そこに男性が倒れていました」

原口が十字路から十メートルほど先を指さした。白いテープが人形《ひとがた》に張られていた。

「交番の警官が駆けつけた時には、既に意識がなかったそうです。すぐ病院へ搬送しましたが、到着した時には心肺停止状態だったと連絡がありました」

ここまでは七味通りですが、と原口が持っていた懐中電灯を左右に振った。

「この十字路を境に、若葉通りになります。ガイシャは千石駅からこの七味通りを進み、若葉通りに入ったところで刺されたようです」

ご苦労さん、と近づいてきたのは鑑識課係長の立花《たちばな》だった。バナさんこそ、と淀屋は苦笑した。

現場にこだわるのは、淀屋と同じ昭和の警察官だからだろう。

何か出ましたかと尋ねた淀屋に、厳しいな、と立花が胸ポケットから取り出したガムを口に入れた。

「ホトケさんもついてないよ。この雨じゃ、どうにもならん。道は舗装されてるし、足跡だって見つかるかどうか……朝までには何かわかると思うがね」

「死体は見ましたか？」

見たよ、と立花がガムを差し出したが、結構です、と淀屋は手を振った。酷《ひど》かったな、と立花がそのままガムを口に放り込んだ。

「腹と喉を刺されていた。もう雨で流れちまったが、俺が来た時は血溜まりが残ってたよ。出血性ショック死と聞いたが、妥当《だとう》なところだな」

「凶器は？」

鋭利な刃物だろう、と立花が指で形を作った。

「傷を見たが、アイスピックとか千枚通しじゃないか？　犯人はまず腹を刺した」

この辺だよ、と立花が自分の左下腹部に手を当てた。

「傷は深く、出血も酷かったはずだ。ガイシャは傘で抵抗したが、その上から犯人が刺したんで、手や顔にも傷があった。首を切ったのはまぐれだろうな。腹部と首の大量出血で死んだんじゃないか？　詳しいことは医者に聞いてくれ」

凶器は見つかっていません、と原口が横から言った。

「犯人が持ち去ったんでしょう。それと、ガイシャの財布がありません」

「強盗ってことか？」

だと思うね、と立花がケースから取り出したビニール袋を街灯の光に向けた。

「ガイシャの尻ポケットに定期入れがあった。免許証によれば織川俊秀、四十五歳。現住所は新千石五丁目――」

あそこです、と原口が十字路に近い二階建ての家を指さした。自宅の目の前で強盗に襲われたのか、と淀屋は口を歪《ゆが》めた。

「運が悪いというか……もう十分早ければ、何事もなく家に着いていただろう」

まったくだ、と立花がビニール袋をケースに戻した。

「人生ってのは残酷だよな。ちょっとずれただけでセーフだったりアウトだったり……それを言い出したら、きりがないかもしれんがね」

「誰が通報した？」

淀屋の問いに、こちらへ、と原口が歩き出した。雨が強くなっていた。

5

覆面パトカーの後部扉を開けると、真っ青な顔をした白髪頭の男が体を小刻みに震わせていた。

助手席にいた四係の安岡《やすおか》に手だけで挨拶して、淀屋は男の隣に座った。倉本謙一《くらもとけんいち》さんです、と安岡が囁いた。

帰ってもいいですか、と倉本が口を手で押さえた。

「一一〇番も一一九番もしたし、警察が来るまで待ってたんです。隣の織川さんが血を流して倒れてたんだから、放ってはおけませんよ。だけど、もういいでしょう？」

少しだけ話を聞かせてください、と淀屋は倉本の肩に手を置いた。

「あなたが通報したんですね？　何があったのか、教えてもらえますか？」

もう話しましたよ、と倉本が安岡に目をやった。

「家で女房とテレビを見ていて、十一時のニュースが始まった時、物音と悲鳴が聞こえたんです」

「悲鳴?」

「ギャーッ、みたいな叫び声です。そりゃあ怖かったですよ。うちは女房と二人暮らしだし、どっちもアラ還だし……何分かぐずぐずしてましたけど、見に行けって女房に言われて玄関のドアを開いたら、赤い傘を差した詩音ちゃんが立っていたんです」

「詩音ちゃん?」

織川さんの娘さんです、と倉本が言った。

「高校一年生で、そりゃあいい子ですよ。挨拶もきちんとするし、親切だし……その詩音ちゃんの足元に男の人が倒れていたんで、どうしたのって聞いたんです」

「それで?」

詩音ちゃんががたがた震えてて、と倉本が着ていたトレーナーに触れた。

「言ってることがよくわからなかったんで、私の家に入れました。寒いし、雨だし、顔も真っ白でね……お父さんが襲われるのを見たって言うんで、倒れてたのは織川さんだったのかって、びっくりしましたよ。一一〇番したのはその前だったか後だったか……申し訳ないんですけど、ごっちゃになっててよく覚えてません」

通報しただけ立派です、と淀屋は倉本の肩に手を置いた。

「その後は?」

一一九番通報もして、倒れていた男の人の様子を見に行きました、と倉本が答えた。

「顔は血まみれでしたけど、織川さんだってすぐわかりましたよ。引っ越してきたのは五年ぐらい前かな？　お隣さんだし、会えば挨拶します。私はそれぐらいですけど、妻は織川さんの奥さんと時々話していたそうです。織川さんは市ヶ谷の神代小学校の先生だと聞いたことがあります。かわいそうに、強盗でしょ？　酷いことを……」

「それからどうしました？」

一一〇番した時に、現場にいてくださいって言われたので、と倉本が口を尖らせた。

「雨でびしょ濡れですよ。三分ぐらいで救急車とパトカーが来ました。家に戻ろうとしたら、話を聞かせろって刑事さんに言われて、パトカーに乗ったわけです。これで全部話しましたよ。もういいでしょ？」

「あなたが玄関のドアを開いた時、あるいは家の外で救急車やパトカーを待っていた時、何か見てませんか？　近くに誰かいたとか……」

わかるわけないでしょ、と倉本が窓の外に顎を向けた。強い雨で、ほとんど何も見えない。

お帰りになって結構です、と淀屋が頭を下げると、パトカーを降りた倉本が自宅に入っていった。

「ガイシャの娘はどこだ？　女房は？」

娘は家です、と助手席の安岡が外を指さした。

「東千石署の女性刑事が一緒にいます。ガイシャの奥さんは横浜の実家だそうです。祖母が体調を崩した、と娘が話していました。連絡済みで、奥さんはしばらく前に横浜を出ています。三十分以内に着くでしょう」

娘の話を聞こう、と淀屋はパトカーのドアを開けた。雨が全身を濡らした。

6

織川という表札に目をやり、淀屋は空いたままの門を抜けた。安岡が玄関のドアを開けて中に入ると、三和土《たたき》から、リビングのテーブルに頭から毛布をかぶった少女が見えた。

短い廊下につながったリビングから女性刑事が出て来て、東千石署少年係の土手内《どてうち》です、と名乗った。

「話は聞いたのか？」

小声で尋ねた淀屋に、大体は、と土手内がうなずいた。

「ただ、強いショックを受けたのか、曖昧《あいまい》なところもあります。義理とはいえ、父親が殺されるのを目撃したんです。やむを得ないと――」

「義理？」

「母親は再婚で、実父は三歳の時、交通事故で亡くなったそうです」

詳しく説明してくれ、と淀屋は言った。織川詩音、十五歳、神代高校の一年生です、と土手内が後ろに目をやった。

「昨日の放課後、美術部の部活で千葉の幕張まで写生に行っていたと……神代高校は市ケ谷にあるんですが、幕張の海浜公園までは電車で一時間ちょっとなので、毎学期行くと話してました。千石駅に着いたのは十時二十分頃だったようです」

遅いな、と淀屋は鼻を鳴らしたが、今の高校生ならそんなものかもしれない。

最終バスに乗れなかったので、駅前のコンビニに寄ってから帰宅したそうです、と土手内が持っていたタブレットを開いた。千石駅周辺の地図が画面に浮かび上がった。

「いつも通り、扶持神社の交差点から都電公園の前を通って帰った、五十メートルぐらい前を中年の男性が歩いているのが見えたが、父親だとわからなかった、十字路に立っていた若い男がいきなり襲いかかり、中年男が倒れ、若い男が走り去ったので近づいた、父親とわかったが怖くて立ち尽くしていると、隣の倉本さんに声をかけられた……わたしなりにまとめるとそうなります」

とにかく本人の話を聞こうと言って、淀屋は家に上がりリビングに向かった。

「警視庁の淀屋といいます。織川詩音さんですね？　怪我《けが》は？　寒くありませんか？」

大丈夫です、と肩を小刻みに震わせながら、詩音が小声で答えた。

「大変なところすみませんが、少しだけ話を聞かせてください。犯人を見ましたか？」

わかりません、と詩音が薄い唇を真一文字に結んだ。色白で、目が大きい。端整な顔立ちだった。

「わかりませんとは？」

暗くてよく見えなかったんです、と詩音がうつむいた。

「顔も見ていない？」

「はい」

「身長は？　太っていたか、痩《や》せていたか、印象で構いません。話してもらえますか？」

覚えていません、と詩音が首を振った。

「何歳ぐらいだったかは?」

わかりません、と詩音がかぶっていた毛布の端を強く握った。

「若かった気もしますけど、三十歳か四十歳か、もっと上だったかも……」

「男は十字路に立っていたんですね?」

詩音の目から大粒の涙が溢《あふ》れた。

「思い出せません……いきなり現れた感じで、全部夢だったんじゃないかって……」

淀屋は土手内のタブレットをテーブルに置いた。

「これを見てください。あなたは都電公園の前を通って、七味通りに入った。そして、前を歩いていたあなたのお父さんが十字路で男に襲われるのを目撃した。男はどっちへ逃げましたか?」

「……どっち?」

淀屋は指で地図を拡大した。

「十字路から四方向に道があります。犯人はあなたがいた七味通り、そして若葉通り、涼風ストリート、もしくは地蔵通り、いずれかに逃げたはずです。どっちへ向かったか、見てませんか?」

「……地蔵通りの方だった気がします」

詩音が小さく首を傾《かし》げた。高校一年生の少女だ。はっきり覚えていなくても無理はない。

機捜と所轄の配備はどうだ、と淀屋は顔を横に向けた。五十分ほど前、と安岡が腕時計で時間を確かめた。

「十一時半、新千石五丁目周辺の四本の幹線道路で二十人ほどが聞き込みを始めました。並行して、十字路を起点に四つの脇道を調べていますが、この雨ですからね。目撃者は期待できないでしょう。犯人の遺留品も見つかっていない、と報告がありました」

淀屋は腕を組んだ。通報があったのは午後十一時七分、近くのパトカーが現場に到着したのは約三分後だ。

犯行を目撃した少女が怖くて動けなかったのと、悲鳴を聞いた隣人が確認をためらったのはわからなくもない。パトカーが到着しても、機捜と所轄の刑事が初動捜査を始めるまで、五分ないし十分かかる。

二十分あれば、犯人はどこへでも逃げることができただろう。それでも、通報が五分早ければ、という思いがあった。

「どっちへ逃げたと思う？」

安岡に訊いてみると、土地勘があれば、とタブレットの地図に触れた。

「地蔵通り経由で都道A33号線を越えて、池袋方面を目指したか、若葉通りから国道大塚線に出て、JR大塚駅方面へ向かったでしょうね。涼風ストリートから都道小石川線を抜けると地下鉄の白山《はくさん》駅がありますが、人が多いので避けたと思います」

「七味通りは？　現場に一番近いのは千石駅だろ？」

あの子がいたんです、と安岡が背後のリビングに目をやった。

「七味通りは狭い脇道で、彼女の前を通ることはできませんよ。強盗の一部始終を見られて、放っておくはずがないでしょう。親子揃って殺されたら、大変なことになっていましたよ」

強盗殺人だぞ、と淀屋は鼻の頭を強くこすった。苛立《いらだ》った時の癖だ。

「とっくに大変なことになってる……犯人に土地勘があったかどうかわからんが、あの子は犯人が地蔵通りへ走っていったと話している。池袋か……人が多かっただろうな」

金曜の夜ですからね、と安岡が頭の後ろを掻いた。淀屋は地図を指で押さえた。

「七味通りと国道千石線の連中を都道A33号線に回そう。怖くなって、その辺に隠れているかもしれん。徹底的に捜すんだ」

しかし、と言いかけた安岡に、わかってる、と淀屋は顔をしかめた。

「捜索範囲は広いし、犯人の人相、体格、服装も不明……厄介だぞ。捜査支援分析センター（SSBC）に応援を要請しよう。国道、都道、いずれも防犯カメラが設置されている。そっちで挙動不審な奴を捜した方が早いかもしれんな」

着信音が短く鳴り、安岡がスマホの画面を見た。

「ガイシャの奥さんが十分ほどで着くそうです。どうしますか？」

土手内、と淀屋は女性刑事を呼んだ。

「母親が来たら、君が状況を説明してくれ。落ち着いたら話を聞く。それと、娘のPTSDが心配だ。少年係だったな？　経験してるだろう。その辺のケアは頼んだぞ」

淀屋は肩を落としている少女に目をやり、胃を押さえた。鈍い痛みが広がっていた。

7

一夜が明けた二月十七日午前七時、東千石署に〝新千石五丁目小学校教師強盗殺害事件〟捜査本部が設置された。第一回捜査会議が始まったのは四時間後の午前十一時だった。

朝五時、本庁に戻った淀屋は事件の概略説明書をまとめ、メールで古田に送ってから東千石署に向かった。大会議室に入ると、本庁、そして東千石署の警察官約五十人が席についていた。

正面に並んだデスクに本庁の捜査一課長と管理官、東千石署の阿久津《あくつ》署長、二宮《にのみや》副署長が座っている。

進行は小田原《おだわら》管理官で、三十歳とまだ若いが、今後捜査指揮を執るキャリア警視だ。

後列にひとつ空席があった。パイプ椅子に腰を下ろした淀屋に、隣の中年男が軽く頭を下げた。

挨拶を返したが、名前が出てくるまで少し時間がかかった。約十カ月前、警視庁刑事部の特殊捜査犯係、通称ＳＩＴから異動してきた星野《ほしの》警部だった。

強行犯係と特殊捜査犯係は同じ刑事部だが、役割はまったく違う。強行犯係は殺人や強盗の捜査が主で、ＳＩＴは誘拐、立て籠もり事件等で犯人との交渉を担当する。

部署の性格上、同じ事件を扱うことはほとんどない。それもあって、淀屋は星野のことをよく知らなかった。

異動の際に挨拶を受けたが、星野が配属されたのが三係だったので、話したのはその時だけだ。

一七五センチの淀屋より頭ひとつ小さく、風采《ふうさい》の上がらない感じの中年男だった。田舎の役場の窓口に座っているのが似合いそうな顔だ。

髪は軽い天然パーマで目が細く、逆に眉毛は太い。四十代半ばと聞いていたが、三十代後半にも五十代にも見えた。

交渉人として、星野が多くの事件を解決に導いた実績は聞いていた。有能な交渉人だったのは確かで、そうでなければ四十代半ばのノンキャリア警察官が警部に昇進できるはずもない。

去年の七月に起きた児童殺人事件の捜査について三係長と意見が合わず、冷遇されていると噂で聞いたが、係が違うのでそれ以上詳しいことはわからなかった。

(なぜ三係の刑事がいる?)

捜査一課は縦割りの組織で、同じ刑事部でも扱う事件が違う。四係が手掛けている事件に、他の係が手を出すことはない。

指揮系統の混乱に繋がるためで、重大事件の場合、複数の係が合同で捜査をするケースはあるが、例外と言っていい。

死亡推定時刻について、と正面からやや嗄れた小田原の声が降ってきた。早口で聞き取り辛いが、不慣れなせいだろう。

「一、千石駅構内の防犯カメラを確認したところ、昨日の午後十時三十五分、改札から出てくる被害者が写っていた。二、被害者の娘は同午後十時半に千石駅前のコンビニに入り、四十分に出ている。五分ほど遅れて父親の後を追った形だが、娘は父親が前にいると気づいていなかった」

千石駅から犯行現場までは徒歩で約二十分、と小田原が言った。

「三、隣家の住人が悲鳴を聞いたのは十一時のニュースが始まった直後で、犯行時刻は午後十一時ジャスト、誤差があっても一、二分だろう」

昨夜八時過ぎから深夜三時頃まで、現場周辺では一時間に二〇ミリの強い雨が降っていた、と小田原が説明を続けた。

「犯行時刻はそのピークで、近隣の住人は外に出ていなかった。ただ、新千石五丁目は国道と都道、四本の幹線道路に囲まれており、多少差はあるが、いずれも人通りは多かった。まだ犯人の逃走経路は不明だが、最寄り駅に向かったと思われる。不審人物を目撃した者がいるはずだ。発見に全力を尽くしてほしい」

次に凶器だが、と小田原が手元のノートパソコンに触れた。前方のスクリーンに人間の腹部の写真が映った。抉られたような傷がそこにあった。

「検視報告によれば、凶器は鋭利な刃物。形状はやや特殊で、刃先がかなり細い。鑑識はアイスピック、千枚通し、あるいは錐などの可能性に言及しているが、現時点では特定できていない。現場周辺で発見されていないが、犯人が持ち去ったと思われる。また、被害者の財布が奪われていた」

死因は大量出血によるショック死、と小田原がマイクを握り直した。

「主な刺創痕は二カ所、手や顔にも十数カ所あるが、防御創と思われる。傷の深さは約八センチ、傷の角度その他から犯人は左利きの男性、身長は一七〇センチから一八〇センチ、年齢は二十代から四十代と推定される」

スクリーンの画像が地図に切り替わった。現場周辺について説明する、と小田原がレーザーポインターで地図の中央に丸を描いた。

「ここが新千石五丁目、被害者が殺されたのはこの十字路から若葉通りに十メートルほど入ったところだ。自宅前で襲われたことになる。後で触れるが、被害者を襲った犯人を娘が目撃していた。地蔵通り方向に逃げた、と話している」

隣家の夫婦が悲鳴に怯えたため、通報が三分ほど遅れた、と小田原が舌打ちした。

新千石五丁目・図

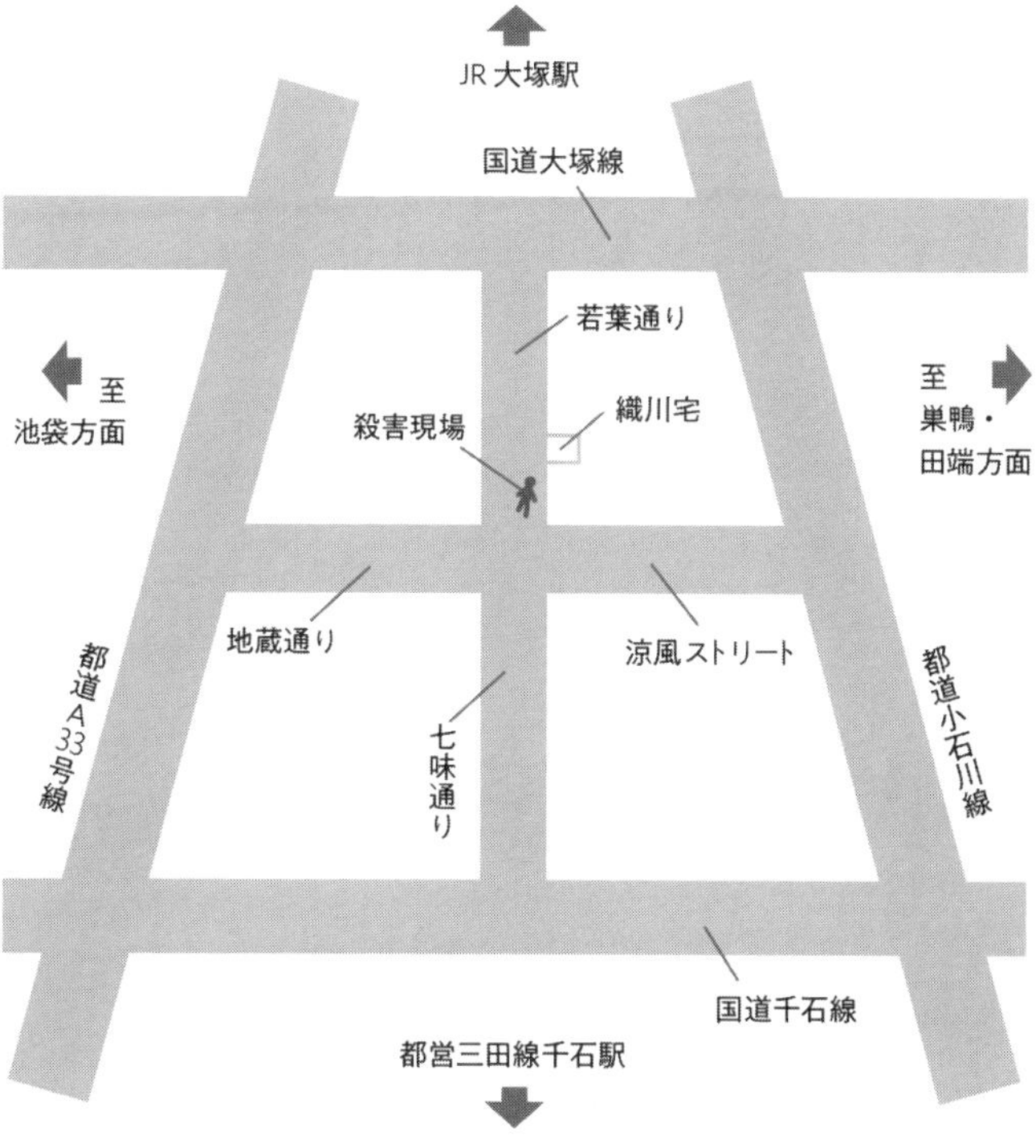
JR 大塚駅
国道大塚線
若葉通り
至
池袋方面
至
巣鴨・
田端方面
織川宅
殺害現場
地蔵通り
涼風ストリート
都道A33号線
七味通り
都道小石川線
国道千石線
都営三田線千石駅

「現場周辺の捜索が始まったのはその十七分後、犯人はとっくに逃げていただろう。ただし、先に触れたように、新千石五丁目は四本の幹線道路で囲まれている。どこへ逃げたとしても、防犯カメラに映る。現在、SSBCが調べているが、今日明日中には結果が出る」

犯人が織川を襲ったのは十一時ちょうどだ。ナイフで刺し、財布を奪うまで要した時間は一、二分だろう、と淀屋はうなずいた。

国道大塚線までは五百メートル、都道A33号線までは六百メートル、国道千石線までは四百メートル、都道小石川線までは五百五十メートル、いずれも走れば二、三分だ。誤差も含め、午後十一時三分から十三分までの防犯カメラ映像を調べればいい。

大塚線で言えば、約三百メートル間隔で信号機があり、そこに警視庁の防犯カメラが設置されている。

国道千石線、二本の都道もほぼ同じだ。撮影範囲は前後五十メートル。

国道、都道沿いにはコンビニ、金融機関のATM、深夜営業のファミリーレストランなどがあり、ほとんどが防犯カメラを置いている。

四本の幹線道路はいずれも交通量が多く、走行車両のドライブレコーダーを含め、すべてのカメラを調べれば、どれかに犯人が写っているはずだった。

状況から、と小田原が空咳《からぜき》をした。

「犯人は現場付近で金を持っていそうな者を待っていたと考えられる。本件は計画的な強盗で、被害者の抵抗に遭い、殺意の有無はともかく殺害した。強盗致死の線で捜査を進めるが、何らかの形で被害者とトラブルがあった者の犯行、という見方も捨て切れない。まず付近の防犯カメラの確認、並行して現場での聞き込み、被害者の経歴や友人知人関係といった情報収集に努めよ」

今から地取りの分担を決める、と小田原が指示した。

「私が一課長のもと捜査指揮を執る。四係と東千石署の刑事係は相互に協力し、連絡を密にすること。以上」

立ち上がった阿久津署長が数人の警察官を呼んだ。本庁と所轄の捜査員が組んで地取りを行なうのは、殺人事件捜査の常道だ。

厄介《やっかい》そうな事件ですな、とつぶやいた星野が腰を浮かせた。

「ご存じかどうか、私は殺人事件の捜査に不慣れで、後学のため他の係の捜査会議に出る許可を得ています。とはいえ、三係での仕事もあります。この辺で失礼した方が良さそうですな」

小学生が殺された事件か、と小声で言った淀屋に、うなずいた星野が大会議室から出て行った。

変わった男だと背中を見つめていると、淀屋、と古田が手招きした。

「被害者のカミさんと娘が来る。改めて詳しい話を聞いてくれ」

被害者家族への事情聴取には細心の配慮が必要で、同時に捜査員として最も辛い仕事と言っていい。ひとつため息をつき、淀屋は胃の辺りを押さえた。

8

東千石署の小会議室に入り、淀屋は安岡と並んで椅子に座った。

約十二時間前、深夜一時過ぎに横浜の実家から妻の亜希子《あきこ》が自宅に戻ったが、土手内が織川の死を伝えると、娘の詩音を抱き締め、ただ泣くだけだった。その場で事情を聞くのは無理だと判断したのは淀屋だ。

ただ、いずれにしても亜希子に話を聞かなければならなかった。昼過ぎに東千石署へ連れてきてくれ、と土手内に伝えていた。

ノックの音がして、土手内が亜希子と詩音を連れて入ってきた。眠れなかったのか、二人とも顔が憔悴《しょうすい》しきっていた。

お座りください、と淀屋は椅子を勧めた。

「改めて、お悔やみ申し上げます。お辛いとは思いますが、一刻も早く犯人を逮捕するためにご協力ください」

はい、と亜希子がかすれた声で答えた。

いくつか伺いたいことがあります、と淀屋は空咳をした。

「お嬢さんには別室で、こちらの安岡が事情を聞きます。よろしいですか？」

亜希子が小さくうなずき、立ち上がった安岡が詩音を連れて出て行った。目配せすると、土手内がその後に続いた。

娘さんの前だと話しにくいこともあるでしょう、と淀屋は質問を始めた。

「状況については説明がありましたね？」

信じられません、と亜希子がハンカチで目の周りを覆った。

「あの人が強盗に殺されたなんて……」

ですが、と淀屋は言った。

「他の線も捨ててはいません」

「他の線？」

例えば金銭トラブルや怨恨です、と淀屋は言った。

「それに関して、質問させてください。ご主人とは再婚だと伺いました。娘さんは前のご主人との間に生まれたそうですね」

「はい」

「失礼ですが、奥様の年齢は？」

「三十三……今年で三十四歳になります」

「ご出身は？」

東京の狛江市です、と亜希子が言った。

「高校まで実家で暮らしていました。父は配管会社に勤めています。母は……わたしが高校に入った頃から、近所の金券ショップでパートをしていたはずです」

「はずというのは？」

両親との関係があまり良くなかったので、とだけ言って亜希子が口をつぐんだ。

高校一年生の娘がいるから四十代だろうと見当をつけていたが、違うようだ。頭の中で計算を始めた淀屋に、高校を出てすぐ結婚したんです、と亜希子が早口で言った。

「鳥水《とりみず》といって、運送会社で働いているトラックの運転手でした。五歳上で、知り合ったのは高校二年の時です。卒業する少し前、妊娠したのがわかり、そのまま……」

鳥水さんが亡くなられたのは十二年ほど前ですね、と淀屋はメモ帳に視線を落とした。

「織川さんとご結婚されたのはいつですか？」

「十年前です」

「では、娘さんが五歳の時に再婚されたわけですね？　それまでの二年間は、あなたがお一人で娘さんを育てていたんですか？」

他に誰もいません、と亜希子が涙を細い指で拭《ぬぐ》った。

「鳥水が勤めていたのは北陽運送という会社でした。仕事中に事故を起こして亡くなったので保険金が下りましたけど、とてもそれだけでは暮らしていけません。両親はわたしと鳥水の結婚に反対で、若すぎる、高校生を妊娠させるなんてと文句ばかり……一人で詩音を育てるしかありませんでした」

「どちらで働いていたんですか？」

いろいろです、と亜希子が少し投げやりな表情になった。

「高卒の子持ち女を正社員で雇ってくれる会社なんてありません。スーパーのレジ打ち、清掃員、何でもやりましたけど生活が苦しくて……結局、詩音を夜間保育に預けて神楽坂《かぐらざか》のスナックで働くことに……織川と知り合ったのはその店です」

なるほど、と淀屋はうなずいた。

「織川さんはその店の常連だったんですね？」

いいえ、と亜希子が首を振った。

「そのスナックには、昔から神代小の先生方がよく通っていたそうです。でも、織川は学期末に来るぐらいで、店では一、二度しか会っていません。おとなしい飲み方をする人だなと思ったぐらいで、ほとんど話してなかったんです」

「では、交際のきっかけは？」

詩音と新宿へ買い物に行った時、ばったり会ったんです、と亜希子が言った。

「何となく、お茶を飲むことに……詩音は五歳で、小学校のことを考える時期になっていました。織川に相談しているうちに親しくなって、時々会うようになったんです。男と女とか、そういうつもりじゃありません。わたしは二十三歳で、織川は十二歳上でしたから……」

結婚していたことも、夫が交通事故で亡くなったことも、娘のことも、お店のお客さんには話していました、と亜希子が小さくため息をついた。

「たまにですけど、露骨な誘い方をしてくるお客さんがいるんです。でも、娘の話をすると話が収まるっていうか……織川はそういう人じゃありませんでした。年齢が離れていたので、意識せずに済んだのは本当です」

何でも相談できました、と亜希子がうつむいた。

「だんだんと深い仲になって……その年の暮れに籍を入れました」

「今のお話ですと、交際したのは三カ月ほどですか？」

早すぎますよね、と亜希子が苦笑した。

「でも、話が進む時って、そんな感じじゃありませんか？　あの人は小学校の先生なので、子供の扱いに慣れていて、詩音もすぐ懐《なつ》いたんです。固い仕事だから安心だ、という思いもありました。結婚に積極的だったのは織川で、ほだされたのかもしれません」

立ち入ったことを伺ってすみませんでした、と淀屋は小さく頭を下げた。

「話を戻しますが、ご自宅はローンで購入されてますね？　他に借金、あるいは金銭トラブルはありませんか？」

いいえ、と亜希子が強く首を振った。

「織川はギャンブルもしませんし、個人的なお金の貸し借りもないと思います。少額でも、お金については慎重な人でした」

「誰かの保証人になったとか……」

ありません、と亜希子がまた首を振ったが、妻に話していなかった可能性もある。その辺りは今後調べなければならないだろう。

「では、ご主人を恨んでいた者に心当たりは？」

それもありません、と力無く亜希子が肩を落とした。

「主人は子供たちの教育や指導に熱心でした。父母会やＰＴＡでも、評判が良かったと聞いています。誰に対しても親身になって接していましたから、恨みを買うようなことはなかったと思います」

「学年主任を務めていたと校長先生に伺いましたが……」

神代小に勤めて十一年目です、と亜希子がうなずいた。

「四十五歳ですから、他の先生方をまとめる立場でした」

それでは、と淀屋は亜希子の顔を覗き込んだ。

「学生時代の友人、知人について、何か聞いたことはありますか？」

織川が大学を卒業したのは二十三年前です、と亜希子が言った。

「昔のお友達と年賀状のやり取りや、ＳＮＳで繋がりはあると思いますけど、会ったとか、食事をしたとか、そういう話は何年も聞いてません」

聞きにくいのですが、と淀屋は足を組み変えた。

「ご主人の過去の女性関係について、知っていることはありますか？」

三十三歳の時、勤めていた小学校の先生と婚約していたそうです、と亜希子が薄い唇を嚙《か》んだ。

「でも、その女性が婚約中に他の男性と関係を持っていたのがわかり、破談になったと……」

織川さんは三十五歳で初婚だったわけですね、と淀屋は身を乗り出した。

「それは婚約が破談になったのと――」

関係あると思います、と亜希子が小さくうなずいた。

「婚約者は同じ学校に勤める先生でしたから、傷ついたでしょう。その後はわたしと知り合うまで、他の女性と交際していなかったと話していました。女性不信というか、辛かった気持ちはわかる気がします」

「小学校というのは？」

渋谷区にある私立の荒城《あらき》小学校です、と亜希子が校名を言った。神代小の前はそこで教えていたんですね、と淀屋はボールペンを握り直した。

神代小に移ったのは十年ほど前です、と亜希子が言った。

「婚約が破談になってすぐ、相手の女性は荒城小を辞めたそうです。彼女の側に非があったわけですけど、織川も居辛かったでしょう。荒城小を退職してから、知人の紹介もあって同じ私立の神代小に移った、と話していました。ただ、知り合う前のことなので、詳しくは聞いてません。

いい話とは思えませんし……」

調べてみましょうと淀屋は言ったが、婚約の破談と今回の事件に関係はないだろう。十二年前の話で、恨みがあるとすればむしろ織川の方だ。

元婚約者の女性教師に、織川を殺害する動機はない。ただ、荒城小の関係者に事情を確認する必要があるのは確かだった。

「他の女性についてはどうです？」

聞いていません、と亜希子が再びうつむいた。

「わたしが知っているのは、荒城小の先生のことだけです。子連れの再婚ですから、その辺りはお互い触れないようにしていました」

「失礼ですが、夫婦仲は？」

普通だと思います、と亜希子が鼻に皺《しわ》を寄せた。

「結婚して十年になります。ひと回り離れていることが良かったのか、喧嘩をしたこともありません。あの――」

亜希子の顔が強ばった。疑われている、と思ったようだ。

夫が殺されて利益を得るのは妻だから、警察としてもその可能性を検討せざるを得ない。

だが、織川が殺された時、亜希子は横浜の実家にいた。織川殺害に関与しているとも思えない。心証としてはシロだ。

ひとつだけ、娘を心配する様子があまりないのが気になったが、殺人、しかも夫が殺されたとあってそこまで気を回す余裕がないのだろう。

ご協力ありがとうございました、と淀屋は頭を下げた。

「必ず犯人を逮捕します」

ノックの音がして、ドアから安岡が顔を覗かせた。タイミングを見計らっていたようだ。

入れ、とうなずくと、安岡が小会議室のドアを大きく開いた。缶ジュースを手にした詩音が亜希子の隣に座った。

淀屋は正面からその顔を見つめた。高校一年生としてはやや幼い印象があるが、清楚な美少女だ、と改めて思った。

色白で、肩まで伸ばしたストレートの黒髪、ピンク色の少し厚ぼったい唇。グレーのブレザー、白いブラウスとグレーのスカートを着ている。あどけない表情の中で、アーモンド形の大きな目だけが大人の雰囲気だった。

学校側からカウンセリングを受けさせたいと申し出がありました、と安岡が囁いた。その方がいい、と淀屋はうなずいた。

父親が殺された衝撃がＰＴＳＤの引き金になってもおかしくない。この子に必要なのは強面《こわもて》の刑事より、優秀なカウンセラーだ。

刑事さんが犯人を捕まえてくれるから、と亜希子が詩音の手を握った。くぐもった泣き声が聞こえた。

終わりにしましょう、と淀屋は立ち上がった。亜希子が詩音と並び、頭を深く下げて小会議室を出て行った。

9

椎野、と佐々木恭介は斜め後ろから声をかけた。明政大学の学食でカレーライスを食べていた流夏《るか》が顔だけを向けた。

神代小の織川先生が殺された、と恭介は向かいの席に腰を下ろした。

「ニュースは見ただろ？　金曜の夜中だ。強盗に襲われたらしい。ぼくは先生を知ってる。小学校五年の時、他の学校から転任してきたんだ。優しい先生だったのに――」

後期試験が始まったばかりだ、と流夏がスプーンで皿をつついた。

「ニュースなんか見てない。優しい先生でも厳しい先生でも、強盗にとっては同じだろう」

そんなにカレーが珍しいか、と流夏が言った。そういうわけじゃない、と恭介は持っていたコーヒーのペットボトルをテーブルに置いた。見ていたのは流夏の顔だった。

一八二センチと背が高いが、顔は小さい。色が黒く、精悍《せいかん》な表情をしている。特長的な尖った顎のラインは彫刻のようだ。

視線が勝手に流夏の顔に向いてしまう。無理やり、恭介はペットボトルに意識を集中した。

流夏と初めて会った時のことを、恭介ははっきり覚えていた。神代高校の入学式だ。

神代学園は市ヶ谷にある小中高一貫の私立校で、恭介のように神代小から、中、高をエスカレーター式に進学した者、中学受験、そして高校受験を経て入学する生徒もいた。一学年の生徒の割合はそれぞれ三分の一ずつ、流夏は高校受験組の一人だった。

入学式の列に並ぶ生徒たちの中で、流夏だけが目に飛び込んできた。それは恭介だけではなく、他の生徒たちも同じだったようだ。存在そのものが周囲とはどこか異質で、同じ高校生とは思えなかった。

入学式が終わり、教室に入った。流夏が同じ一年A組だとわかったのはその時だ。窓際の席に座り、外を見ている流夏の姿は一枚の絵のようだった。美しい横顔に、女子たちの囁きが止まらなかったほどだ。

一年A組の担任は現代国語の教師、磯山だった。最初のホームルームで生徒の名前をひとりずつ呼んだが、椎野りゅうかと磯山が呼んだ時、るかです、と流夏が遮った。低いがよく通る声で、何人もの女子生徒がため息をついた。

それからひと月の間、男子、女子を問わず、クラスの誰かしらが流夏に声を掛けたが、無愛想な返事があればいい方で、ほとんどが無視された。

生意気だ、という声が男子生徒たちの間から上がるまで、時間はかからなかった。一学期が終わる頃には、無口で、他者とのコミュニケーションを拒絶する流夏に誰も近づかなくなった。

高校入学組の中には、神代高校を進学塾と捉えている生徒も少なくなかった。友達を作り、部活に参加し、恋愛をするために難関進学校の神代高校に入学したわけではない、と考える者は一定数いた。

それでも挨拶ぐらいはするし、ＬＩＮＥで連絡先を交換する。高校生にもそれなりの社交がある。上辺だけでも友達のふりをするのは常識だろう。

だが、流夏は違った。誰とも話さず、群れようとしない。高一の二学期には、完全に孤立していたが、流夏自身もそれを望んでいたようだ。

その強さが、恭介は羨ましかった。チビサと呼ばれ、スクールカーストの最下層に属する恭介はいつも周囲の気配を読み、進んでいじられることも多かった。

流夏は違う。孤独を恐れていない。憧れが恭介の中にあった。

流夏を意識するようになったのは、一年の秋だ。通学路、授業中、休み時間、放課後、いつも流夏を目で追っている自分に気づいた。

気がつけば高校の三年間、流夏だけを見ていた。流夏が明政大学を受験すると知り、第一志望を変えたいと言うと、お前の成績ならもっとレベルの高い大学に行けるのに、と磯山が怪訝そうな表情を浮かべた。

親にも説得されたが、恭介は意志を変えなかった。流夏と同じ大学に行く、と決めていた。

流夏と友達になりたかった。できれば、親友と呼び合える存在に。

(違う)

もっと親密な関係を恭介は望んでいた。流夏と手を繫《つな》ぎたい。触れ合いたい。自分の感情が恋だと、恭介は知っていた。

ただ、想いを告げても流夏がうなずくことはない。友達さえ必要としていない流夏の心は摑めないだろう。

一方的に気持ちを押し付けるのは単なるエゴだ。それではうまくいくはずがない。愛し、愛される。それだけが恭介の願いだった。

男と女でも、お互いに一目で恋に落ちる者は稀《まれ》だろう。昔からそうであるように、まず友達から始めなければならない。

高校の三年では時間が足りないから、同じ大学に行き、四年間を共に過ごす。そうすれば、親しくなるチャンスがくるはずだ。

結局、流夏が受験する学部まではわからず、恭介は経済学部に進み、流夏は文学部に進学した。ただ、神代高校から明政大学に進んだ同級生は四人だけだったので、履修《りしゅう》登録などを口実に話しかけることができた。

高校生活を通じ、恭介は流夏と言葉を交わしたことがなかったから、大きな前進だった。

文学部の講義の時間を調べ、教室の外で待ち、偶然を装って声をかけた。

まるでストーカーだが、二年間それを続けていると、流夏が言葉を返す回数が増えた。

去年の四月、三年に上がった時には、流夏の生活パターンを完全に把握していた。

午前中に授業がある日は学食でランチを取る。午後の授業終わりにも学食に寄り、コーヒーを飲んでから帰る。

声をかけても不自然ではない程度に距離を縮めていたが、それ以上の関係にはなれないままだった。そして、三年が終わろうとしていた。

今日は話題がある、と恭介はつぶやいた。神代小学校の教師が強盗に殺されたというニュースだ。神代学園の小学校、中学校、高校の校舎は、それぞれのグラウンドを挟み、並んで建っている。

流夏は小学校の織川先生を知らないが、無関係とは言えない。

話に乗ってくるのを期待したが、流夏は相変わらずの無愛想だった。カレーライスを食べ終わると、無言で学食を後にした。

（仕方ない）

まだ手はある、と恭介はポケットのスマホに触れた。Ｆａｃｅｂｏｏｋを通じ、流夏が通っていた四ツ谷の公立中学の同級生とＳＮＳ上の友達になった。

さりげなく流夏の名前を出し、話を聞いて計画を立てた。うまくいけば、流夏と親しくなれるはずだ。

恭介はペットボトルのキャップを開けて、コーヒーをひと口飲んだ。濃い甘さが体中に広がった。

10

二月十六日金曜日の深夜、織川の身元が判明した時点で、警察は神代学園と連絡を取っていた。翌十七日朝八時、近隣住人の聞き込みと並行する形で神代小の校長、教頭、そして織川と同じ四年生の担任二名を学校に集め、話を聞いた。

その後、校長を通じ、全学年の担任、体育、美術、音楽など専科の教師、事務職員など約三十名と連絡を取り、午後三時から全員に事情を聞くことが決まった。

捜査本部には約五十人の捜査員が詰めているが、四十五人は現場周辺の聞き込み担当だ。学校関係者に話を聞いたのは、淀屋を含め五人の捜査員だった。

学校は閉鎖的で、小さい村と言ってもいい。校長が村長で、その下にピラミッド形のヒエラルキーがある。

基本的には年功序列で、特に私立であればよほど大規模な学校法人でもない限り、他校への異動はないだろう。その分人間関係が濃密になり、小さな行き違いが大きなトラブルに発展することもあり得る。

織川の言動が他の教師を不快にさせ、殺害に及んだ可能性もないとは言えない。小学校の先生が同僚を殺すとは考えにくいが、淀屋は徹底的に調べるつもりだった。

ただ、どこかに違和感があった。言葉にはできない何かが、淀屋の心を波立たせていた。

夕方六時まで教師たちの話を聞いたが、織川を悪く言う者は一人もいなかった。協調性があり、物静かで目立たないが、自分の仕事を着実にこなす真面目ないい先生、と全員が口を揃えた。

同じ時間、東千石署の刑事たちが織川が担任を務めていた四年二組の生徒の保護者に連絡を取り、電話で聞き取り調査を行なった。

翌朝からニュース番組が事件を取り上げていたので、保護者、そして生徒は織川の事件を知っている。生徒に話を聞かなかったのは、小学校四年生ということを考慮しての判断だ。

保護者たちが語る織川の人柄も、教師たちのそれと同じだった。PTAでは保護者の意見をよく聞き、生徒を叱ることもなかったという。

テストの成績が悪かった生徒を集めて昼休みに教えたり、ソフトボール部でも丁寧に指導するなど、真面目で信頼できる先生だった、という声が相次いだ。

更に、以前勤めていた荒城小学校の教師、織川の高校、大学時代の友人に連絡を取り、話を聞いた。情報は多ければ多いほどいい。

十八日の夕方四時、東千石署の大会議室で第二回捜査会議が始まった。淀屋は後ろの席に座り、各担当者の報告に耳を傾けた。

織川俊秀は四十五歳、神奈川県逗子《ずし》市生まれ、同市の公立高校を卒業後、東京都八王子《はちおうじ》市の帝周大学教育学部に入学、四年後の四月に私立荒城小学校の教師として採用された。

真面目《まじめ》だが地味な男だった、と高校の同級生たちは話していた。織川を覚えていなかった者もいたほどで、友人は少なかったようだ。

大学でもそれは同じで、入会した読書サークルの読書会では、自分が読んだ本の感想を言うと、後は口を閉ざすのが常だった。

教育学部のゼミ生たちは成績が良かったのを覚えていたが、挨拶はともかく、話した記憶がない者がほとんどで、友人はいなかった。

だが、教師という仕事が合っていたのか、荒城小でも神代小でも、他の教師とそれなりにコミュニケーションを取るようになった。

もう少し付き合いがよければと漏らす者もいたが、自分の主張を押し付けない、職場の和を優先する、生徒の指導に熱心に取り組む教師、と印象を語る者が多かった。

遅刻や欠勤は一度もなく、生徒、保護者、同僚、誰に対しても配慮を欠かさない模範的な教師、と評する者もいたほどだ。

三十五歳になった年、織川は荒城小を辞め、神代小へ移った。亜希子が話していたように、同僚の女性教師との婚約が破談になったのがきっかけで、事情を知る荒城小の教師たちは織川に同情的だった。

その年の暮れ、亜希子と結婚している。荒城小で十三年、神代小で約十年教師として働き、四十五歳で強盗に殺された。それが織川の人生だった。

学生時代、そして教師になってからも、口論ひとつしたことがない男だ。婚約が破談になったことを除けば、織川の人生は平凡そのもので、怨恨絡みの線は考えにくい。

借金は住宅ローンのみ。その返済も順調で、貯金も一千万円近くある。金銭トラブルは考えられない、と刑事が報告した。

淀屋も含め、各担当の捜査官がそれぞれの報告を終えると、今後も強盗致死の方向で捜査を進める、と小田原が指示した。

その後、現場周辺の家々、四本の脇道とそれに続く四本の幹線道路での不審者と目撃者捜しを第一班の四十五人が担当し、淀屋たち第二班の五人は引き続き織川の身辺調査、加えて防犯カメラのチェックを行なうことになった。

さすがですね、と隣の席で安岡が囁いた。視線の先に小田原がいる。本庁四係から第二班に入るのは淀屋と安岡の二人だった。

「強盗からの殺人の捜査指揮は初めてだと聞きましたが、そうは見えません。判断も早いし、やっぱり本庁のキャリアは違いますよ」

判断が早すぎないか、と淀屋は首を僅《わず》かに曲げた。

「二本の国道、二本の都道で不審者を捜せと言われても、厳しいだろう。やらないわけにはいかないが、常道に縛られてる気がする。もう少し状況を見てからでも――」

不審者というより、と安岡がまばらに生えている不精髭に触れた。

「目撃者を捜せってことでしょう。ぼくが聞いたところでは、あの時間に現場周辺を歩いていたのはほとんどが近隣住人です。二、三日聞き込みを続ければ、九割は押さえられますよ。不審者の目撃情報が出るかもしれませんし、住人の顔写真と防犯カメラ映像を照合すれば、残った一割の身元不明者が浮かんできます。四十五人で四本の幹線道路の聞き込みは確かに厳しいですが、それを言ってたら捜査になりませんよ」

そうかもしれん、と淀屋はうなずいた。

「ただ、聞き込みには限界がある。頼りになるのは防犯カメラだが、犯人が写ってると思うか？　撮影範囲は周囲五十メートル以内、確実に顔がわかるのは二十メートル以内だ。ＳＳＢＣの担当者に聞いたが、苦戦しているようだ。コンビニやファミレスのカメラは出入り口の前しか撮影していない。当てになるか？」

車があります、と安岡が小声で言った。

「犯人が新千石五丁目から逃げた時間は十一時三分から十三分まで、そうでしょう？　周辺の道路はどこも交通量が多いですし、今時の車ならドラレコをつけてます。そして、走ってる車はすべて信号機の防犯カメラに写っています」

「そうだな」

「当然、ナンバーもわかります。そこから辿れば、所有者が判明するでしょう。全員のドラレコを調べれば、必ず犯人が写ってますよ。一分に十台走っていたとすれば、十分間で百台、四本の幹線道路をすべて合わせても四百台、倍だとしても八百台です。たいした数じゃありません。三年前の保険金殺人で三千台を調べました。覚えてますよね？」

「一分百台だったら？　四千台だぞ？　都道小石川線は上下四車線で比較的交通量が少ないが、

他の三本は六車線、真夜中でもタクシーやトラックが走っている」

そこは連中に任せましょうよ、と大会議室を出て行く第一班の捜査員に目をやった安岡が小さく笑った。それもそうだ、と淀屋は頭を掻いた。

「犯人だが……お前はどう思う？」

強盗は強盗ですが、と安岡が真顔になった。

「玄人の臭いがしません。初犯かもしれませんね」

「根拠は？」

安岡がタブレットで地図を開いた。

「現場は街灯が少なく、夜になると人通りがほとんどありません。強盗には打ってつけの場所で、犯人はそれを知っていたんでしょう。しかし、あの辺に住んでいるのは普通のサラリーマンです。家を見ればわかりますよ。大金を持ち歩いている人なんていません。初犯だから、びびって逃げやすい場所を選んだんです」

「なるほど」

「犯人は都電公園の近くに隠れ、通行人を待ち伏せていたと思います。金狙いですから、学生や若い奴はスルーした。体格がいいとか、強そうな奴も駄目です。何人も目の前を通り過ぎていったんじゃないですか？　夜十時を過ぎると、通行人は少なくなります。やむを得ず、たまたま通りかかったガイシャを襲ったんでしょう。ガイシャの側からすると、不運だったとしか言いようがないですね」

「他に適当なターゲットがいなかったから、ガイシャを襲ったってことか？」

誰でも良かったんですよ、と安岡が肩をすくめた。

「脅すつもりで凶器を突き付けたが、傘で抵抗されて刺した……そんなケースは珍しくありません」

都電公園に犯人の痕跡はなかった、と淀屋はタブレットを指さした。

「あの十字路に雨を避ける場所はないから、都電公園に隠れていたと考えるのはわかる。だが、二百メートルほど離れている。あの雨だと、通行人は見えなかったんじゃないか？　俺も慣れた奴じゃないと睨んでいるが、どうもわからん」

「何がです？」

ガイシャが抵抗したのは確かだ、と淀屋は言った。

「傘の破損具合を考えると、摑み合いになったようだが、ガイシャの爪から犯人の皮膚は検出されていない。血や頭髪もだ。目出し帽でも被ってたのか？」

ザ・強盗ですね、と安岡が笑った。

「それじゃ逆に目立ちます。ビニールのレインコートを着て、手袋をしていたんでしょう」

「初犯にしては用意周到だな」

傘を持った強盗なんていませんよ、と安岡が首を振った。

「天気予報で、夕方から雨になるのはわかってました。犯人は最初からレインコートを着てたんです。冬ですから、誰だって手袋をはめますよ。指紋が出ないのも、それで説明がつきます」

「娘によると、犯人は地蔵通りを通り、都道A33号線方向に逃げたようだが、その後は？　電車に乗ったか？　土地勘があるなら、一番近い都営三田線の千石駅を目指したはずだが、七味通りには娘がいた。都道A33号線に出ると、北はJR大塚駅、まっすぐ進めば池袋方向だ。どう筋を読む？」

金曜の夜で、大雨が降ってましたが、池袋には人が多かったでしょう、と安岡が言った。

「ぼくなら人込みに紛れるために、池袋へ逃げますね。犯人のヤサがどこかはともかく、新千石からある程度離れていたと思います。自宅の近くでタタキをする馬鹿はいません」

「そうだな」

池袋駅付近のコインパーキングに停めていた車で逃げた、と安岡が先を続けた。

「いや……電車に乗ったかもしれませんね。駅に着いた時、レインコートをバッグに突っ込んだ。それで返り血は隠せます。池袋駅に逃げていたら、人が多すぎて防犯カメラに映っていても確認は厳しいでしょう。他の駅へ向かっていればいいんですが」

犯人の動きは推定できる、と淀屋はうなずいた。安岡も大きく外してはいない。だが、何かを見落としている。

近づいてきた係長の古田が隣の椅子に腰を下ろし、どうだ、と尋ねた。引っ掛かりがあります、と淀屋は喉に触れた。

女房か、と古田が囁いた。前の夫は交通事故死、と淀屋は言った。

「再婚相手が強盗に殺された……妙じゃありませんか？」

交通事故の件は運送会社に確認した、と古田が後頭部を乱暴に掻いた。

「居眠り運転による事故だった。首都高で前の車に追突したんだ。事件性はない、と本庁の交通部から連絡があった」

強盗だよ、と古田が淀屋の肩を叩いた。

「顔色が悪いな。少し休んだらどうだ？」

大丈夫です、と胃の辺りの不快な痛みを無視して、淀屋は笑みを返した。

11

二月二十二日、午後二時半、明政大学文学部の後期試験が終わった。

同じ時間、経済学部も最後の試験があったが、恭介は十分前に解答を提出し、本館二号棟へ小走りで向かった。

呼吸を整えていると、流夏の姿が見えた。他の学生より頭ひとつ高いので、見つけるのは簡単だった。

椎野、と横から声をかけ、そのまま並んで歩いた。

「試験、どうだった？」

返事はなかったが、それはいつものことだ。

大学も残り一年だな、と恭介は声を大きくした。

「就職はどうなってる？」

お前には関係ないだろう、と歩を進めた流夏の前に恭介は回った。

「絵を観に行かないか？」

「絵？」

親がジャクソン・ポロック展のチケットをくれた、と恭介はダッフルコートのポケットに手を入れた。

「二枚ある。上野の森美術館、三月二十日までだ。高いんだな、一万円だってさ」

流夏の目が一瞬泳いだ。Ｆａｃｅｂｏｏｋで繋がった流夏の中学の同級生から聞き出した情報だ。

『部活に熱心な中学でさ、生徒には参加義務があったんだ。流夏が入っていたのは美術部だったよ』

知らなかったとコメントすると、椎野は巧《うま》かった、と返事が来た。

『同じ中学生で、こんなに違うのかって驚いたほどだ。絵はずっと描いてたみたいで、本格的な画材ケースを持ってたよ。美術部は文化祭で展示会をやるんだけど、毎年一番目立つ位置に置かれていた』

『どんな絵を描いてた？』

抽象画っぽかった、と返事があった丸一日後、椎野はジャクソン・ポロックが好きだったらしい、とコメントが届いた。

『友達に美術部員がいて、覚えてないか聞いてみた。アメリカの画家で、椎野はいつもポロックの画集を見ていたそうだ』

ありがとうとだけ返事をして、ジャクソン・ポロックを検索した。一九一二年生まれのアメリカ人で、抽象表現主義の代表的な画家、と解説があった。

画像検索すると、何が描かれているのかわからない、めまいがしそうな絵ばかりだったが、流夏は強く魅《ひ》かれていたようだ。

一週間ほど検索を続けていると、〝上野の美術館でポロック展開催〟の見出しが目に入った。すぐにネットでチケットを二枚買った。

二万円は痛いが、流夏と二人で美術館に行くと思えば迷いはなかった。恭介はポケットからチケットを取り出した。

この三年間、徐々に距離を縮めてきた。声をかければ、返事をするぐらいの関係を慎重に作った。

だが、迂闊に動けば、流夏の拒絶が待っている。誘うための口実を捜し続け、ようやく見つけたのがポロックという切り札だった。

美術館では原画が数十点展示される。画集で見るのと、直接絵を観るのは違う。

自分の目で観たい、と流夏は思うだろう。計画は完璧だった。

流夏がチケットに手を伸ばした。恭介は唾を飲み込んだ。

「明日から試験休みだし、暇なら行かないか？　もらったチケットだけど、無駄にするともったいないだろ？」

チケットをじっと見ていた流夏が、いいのかと言った。もちろん、と恭介はうなずいた。

「いつなら空いてる？」

ジーンズの尻ポケットからスマホを引き抜いた流夏が、来週の金曜はどうだ、と言った。三月一日だな、と恭介も自分のスマホに目をやった。

「その日なら大丈夫だ。十時から十八時って書いてある。美術館の前で待ち合わせよう。何時がいい？」

昼かな、と流夏が言った。

「じゃあ十二時に。チケットの裏にぼくの携帯番号を書いておいたから、何かあったら連絡してくれ」

うなずいた流夏がチケットを取り出した財布に入れた。

待ってるとだけ言って、恭介はその場を離れた。うまくいった、と握りしめた手が震えていた。

12

二号棟の壁に背中を預け、文庫本を開いていた斉川真奈美《さいかわまなみ》の肩を、ゼミ仲間の篠田佐里《しのださり》と本田珠江《ほんだたまえ》が両側から叩いた。笑みを浮かべた二人が真奈美の顔を覗き込んだ。

本を読んでるふりをして、と佐里が歌うように言った。

「見てるのは彼でしょ？」

二人の視線が右に動いた。流夏と恭介が足を止めて話していた。

わからんわあ、と佐里が首を捻《ひね》った。

「椎野くんと同じ高校で、彼を好きになった。それはいいけど、話をしたこともないんでしょ？クラスも違ったって言ってたじゃない。彼を追いかけてココ？　マナなら、もっといい大学に行けたでしょうに」

関係ないよ、と真奈美は文庫本を閉じた。

「藤枝《ふじえだ》教授がいるから、明政を選んだ。ウェブメディア研究の第一人者に学ぶチャンスは他にない」

椎野くんのどこがいいの、と佐里が笑みを濃くした。からかわれてるとわかったが、真奈美は何も言わなかった。

「顔はイケてる。背も高い。カッコいいのも認める。でも、それだけでしょ？　あんなに無愛想で無口な男、見たことない」

同じ文学部、同じゼミ、と佐里が節をつけた。

「でも、マナは話しかけない。彼も無言の行。ねえ、バカじゃないの？　文庫本越しに見つめていれば想いが通じる？　いいかげんにしなさいって」

読んでる、と真奈美は文庫本の表紙を見つめた。開く頁《ページ》がいつも同じなだけだ。

一行読んでは、目だけを向ける。流夏の横顔が視界に入ると、また同じ行に戻る。三年間、その繰り返しが続いていた。

佐里、と珠江が顔をしかめた。

「からかうの止《や》めなって。椎野くん、そこそこ人気あるんだよ」

珠江は神代高校の同級生で、大学に入ってからしばらくは二人で行動していた。それから少しして、佐里から声をかけられ三人組になった。

積極的な佐里とおとなしい珠江、少し引いた立ち位置の真奈美はバランスが良かった。

顔だけじゃん、と佐里が言った。

「うちは苦手だな。笑いのセンスがない男子なんて、今時流行《はや》んないって。しかも、ツレが佐々木くんじゃ話になんない。いつだってキョドっててさ……マナも諦めなって。どうにもならないよ」

何言ってるんだか、と真奈美は視線を逸《そ》らした。二人が顔を見合わせて、小さく笑った。

流夏のことを目で追うようになったのは、いつからだろう。

答えはわかっていた。最初からだ。

初めて流夏を見たのは、高校一年の四月、学年別の体力テストの日だった。彼の横顔から目を離せないまま、気づくと体力テストが終わっていた。

高校の三年間は同じクラスにならなかった。接点はなく、声をかけることもないまま、三年が過ぎていった。

なぜ流夏に魅かれるのか、毎日のように考え続けた。瞳だと気づいたのは一年の秋だ。静かな雨が降り続いているような瞳。

流夏については、噂で聞くだけだった。友達はいない。驚くほど無口で、クラスの誰とも話さない。いつも窓から外を見ている。何を考えてるかわからない。変人。

身長が高いので、威圧感があるが、それも悪評に繋がっているのだろう。孤立するのもやむを得ない。

だが、それは違う。流夏は誰よりも友達を欲している。無口なのは、自分から伸ばした手を拒まれるのを恐れているからだ。

彼は誰のことも信じていない。そして、それ以上に信じたいと願っている。矛盾が流夏を縛り、身動きを取れなくしている。

椎名くんっていいよね、という女子の囁きを高校の三年間で何度も聞いた。

背が高く、精悍な顔つき。好意を持つ女子がいるのは、不思議でも何でもない。

でも、と真奈美は思っていた。あの子たちは何もわかっていない。

流夏は想像もつかないほどの孤独を抱え、それに耐えている。理解できるのは自分しかいない。

もちろん、それは女子高校生の妄想《もうそう》なのだろう。卒業するまで言葉を交わしたことさえない彼を理解できるわけがない。

忘れようと思ったが、明政大学に入学すると、語学の教室に流夏がいた。心臓が止まりそうだった。流夏が明政大学を受験したのは噂に聞いていたが、同じ文学部だとは思っていなかった。

明政大には仮ゼミ制度があり、一年生も三年と四年のゼミをリモートで聴講できる。そこでも流夏と一緒だった。

距離が縮まったはずだったが、今日まで話したことはない。そして、三年が過ぎていた。

顔を伏せたまま視線を向けると、恭介が流夏に話しかけていた。いつものように恭介が一方的に喋《しゃべ》り、流夏はうなずくだけだ。

それでも、恭介が羨《うらや》ましかった。妬《ねた》ましいとさえ思った。流夏と話がしたかった。

悪いことは言わない、と佐里が囁いた。

「マジで止めなって。辛くなるだけだよ」

そうかも、と珠江がうなずいた。二人を無視して、真奈美は文庫本を開いた。

13

織川俊秀の通夜が水道橋《すいどうばし》の斎場で営まれたのは、二月二十四日土曜日の夜だった。死後八日が経っていたが、殺害された事情を考えれば早い方だろう。

神代小の教職員、生徒とその保護者、卒業生、織川と妻亜希子の親戚、友人が弔問に訪れ、斎場には長い列が続いていた。

他の数人の捜査員と共に、淀屋はその場にいた。本格的な捜査が始まって一週間が過ぎたが、進展はなかった。

淀屋は遺影に目を向け、必ず犯人を逮捕しますと深く頭を下げた。今できるのはそれだけだった。

遺影を挟んで、両側に親族が座っていた。右側の祭壇に一番近い席に亜希子と詩音が並んでいる。

亜希子がハンカチで目を押さえた。詩音は唇を結んだまま、弔問客に頭を下げていた。

(高校一年生とは思えん)

あの歳で親父が死んでいたら、と淀屋はつぶやいた。俺は泣くことしかできなかっただろう。目を真っ赤に腫《は》らしているが、詩音は泣いていなかった。泣いてはならない、と自分を律しているように見えた。

近隣の住人の話では、織川と詩音は実の父娘のように仲が良かったという。休日に二人が都電公園を散歩している姿を、多くの人が見ていた。

約十年、三人は家族として暮らしてきた。平凡だが、平穏で幸せな日々だったのだろう。だが、事件がすべてを奪った。

来ませんね、と隣に立っていた安岡が囁いた。元婚約者か、と淀屋はうなずいた。

荒城小の新井《あらい》という五十歳の男性教師から、詳しい事情を聞いた。織川が赴任した際、研修を担当したのが新井で、荒城小の教師の中では親しい間柄だった。

十二年前に同僚の女性教師、小中陽子《こなかようこ》が織川に好意を持ち、新井に相談した。それが二人の交際のきっかけだった。

小中にいい感情は持っていない、と新井は話していた。織川との婚約中に、小中は他の男性と関係を持った。新井も立場がなかっただろう。

婚約が破談になった直後、小中は辞表を提出し、その男性と結婚した。今は大阪で暮らしている。

その後、新井は小中と連絡を絶っていたが、共通の知人を介し、SNS上の繋がりがあった。織川の死と通夜の日程を小中に伝えたのはその知人だ。

小中が斎場に来るかもしれない、と淡い期待があったが、婚約の破談の原因を作った女が大阪から東京へ来るはずもなかった。

淀屋は首を巡らして、後方に目をやった。弔問の列が更に伸びていた。

14

金原洋美は同僚の教師、江口隆次《えぐちりゅうじ》と斎場を出た。辺りは暗く、寒かった。

「冬の葬式は嫌だな」

隣を歩いていた江口がつぶやいた。新卒で神代高校に採用された洋美と同じ三十七歳で、普段から親しくしている。

同じ神代学園の教師だが、小学校で教えていた織川との接点はほとんどない。顔は知っているし、すれ違えば挨拶をするが、関係はそれだけだ。

織川詩音は洋美が担任を務めるクラスの生徒だが、公私混同を避けるため、父親の織川とは話をしていなかった。

詩音は無理してたんじゃないか、と江口が言った。

「父親が殺されてショックだったろうが、涙を堪《こら》えていた。警察の話じゃ、強盗に襲われた瞬間を目撃していたらしい。十六歳だぞ？　ぼくなら耐えられないよ」

自制心の強い子だから、と洋美はうなずいた。

「絵を描く時の姿を見ていればわかる……母親よりよっぽど大人に見えた。でも、心のうちはわからない。十六歳の女の子が殺人を目の当たりにして、ショックを受けないはずがない」

金原も大変だな、と慰めるように江口が洋美の肩を軽く叩いた。

「担任として、美術部顧問として、君は誰よりも詩音を知っている。文科省のコンクールで優秀賞を獲った天才だ。ぼくは絵について素人だけど、あの子が凄いのはわかる。君が詩音を守らないと……それで、犯人は捕まったのか？」

まだみたい、と洋美は顔をしかめた。警察は何をしてるんだ、と江口が足元の小石を蹴った。

「もう一週間だぞ？　詩音も奥さんも辛いだろう。犯人が逮捕されないと、心の整理がつかないんじゃないか？」

そう思う、と洋美は長い息を吐いた。刑事ってドラマよりしつこいんだな、と江口が苦笑を浮かべた。

「織川先生のことはよく知らないと言ったのに、何度も同じことを聞かれて参ったよ。系列が同じでも、小学校と高校は違うのが刑事にはわからないんだ。納会でちょっと話したり、そんなことはあったけど、会社で言えば部署もフロアも違うんだから、親しくなるはずもないんだけどね」

神代学園では年度末に小学校、中学、高校の教師が一堂に会し、納会を開く。ただ、接点はそれぐらいしかなかった。

「どんな人なの？　優しい先生って聞いたことはあるけど……」

そうなんだろう、と江口が頭を掻いた。

「物静かで、真面目な人だったよ。昔と比べて仕事は増える一方だし、働き方改革なんて教師とは無縁だ、そんな愚痴をぼくがこぼしても、織川さんは何も言わなかった。小学校の先生たちとも、あまり話してなかったな……とにかく、君が詩音を支えてやれよ。友達が多い子じゃないのは、ぼくも知ってる。そのための担任だろ？」

そのつもり、と洋美は言った。織川の死は詩音にとって深刻なダメージになりかねない。絵を描かなくなっても、おかしくなかった。

詩音は天才のレベルを遥かに超えているが、まだ十六歳だ。周囲が見守り、育てなければならない。

天才は気まぐれだ。機嫌を損ねれば、すぐに姿を消す。

そうはさせない、と洋美は強く手を握った。しばらく、二人の足音が重なった。

駅前の信号機まで来て、どうする、と江口が足を止めた。

「ちょっと飲んでいくか？」

今日は止めておく、と洋美は首を振った。そうか、と江口が駅に向かって歩きだした。

15

岡島多佳子《おかじまたかこ》は遺影に手を合わせた。そのまま右に目を向けると、詩音が頭を下げていた。

斎場を出ると、一年A組のクラスメイト数人が不安そうな表情を浮かべて待っていた。誰も口を開こうとしなかった。

帰ろう、と多佳子は低い声で言った。詩音がかわいそう、と一人が涙を手の甲で拭ったが、無神経さに腹が立ち、多佳子は足早に歩を進めた。

明るく素直で元気な優等生、と周りからレッテルを貼られたのは小学生の時だ。それは高校生になってもそれは変わらず、新学期が始まると学級委員に選ばれた。

誰もが認めるクラスのリーダーだ。教師たちの信頼も篤《あつ》い。

だが、どこかで居心地の悪さを感じていた。自分は周りが思うほど、真面目ではない。

優等生を演じているのは性格の弱さの現れだ、と誰よりも多佳子自身がよくわかっていた。

詩音とは小学校一年生から仲が良かった。性格は正反対で、多佳子は男子、女子、誰とでもすぐ話せたが、詩音は引っ込み思案で、人見知りと言っていい。

多佳子には他人に合わせるところがある。詩音は意志が強く、自分の世界を持ち、周囲に流されたりしない。

多佳子はあまり本を読まないが、詩音はいつも図書館か美術室にいて、読書にふけるか、絵を描くかのどちらかだ。

スポーツが得意で、体を動かすのが好きな多佳子。学業成績優秀で、絵画コンクールでは優秀賞に選ばれた詩音。

多佳子には詩音への憧れがあった。詩音のようになりたい、といつも思っていた。

今日もそうだ、と多佳子は振り返った。詩音は涙を堪えて、参列者一人一人にきちんと挨拶をしていた。自分なら、父親が亡くなったショックで、あんなことはできなかっただろう。

無理しなくていいのに、と心のどこかで思っていたが、安易な同情の言葉は口に出せなかった。

週が明けたら、詩音は学校に戻って来る。普段通り接すればいい。

水道橋の駅が見えてきた。喪服を着た数人の男が通り過ぎていった。

16

通夜に顔を出してから、淀屋は東千石署に戻った。夜八時になっていた。

殺人事件が起きると、現場を所管する警察署に捜査本部が設置される。捜査員は帳場《ちようば》と呼ぶが、犯人逮捕まで警視庁捜査一課の強行犯係、そして所轄の刑事たちが帳場に詰める。

事件発生から八日が経っていたが、この帳場は長くなると誰もが予感していた。

事件にはそれぞれ匂いがあり、刑事ならそれを嗅ぐことができる。その匂いは強くなる一方だった。

会議室に入ると、古田係長と管理官の小田原が座っていた。お疲れ、と古田が手を上げた。

「ちょうどよかった。管理官と今後の方針を検討していたんだが、お前さんの意見も聞いておきたくてな」

古田が目配せすると、小田原がタブレットを淀屋に向けた。

「ここまでの経緯をまとめました。殺害現場周辺の住人から、悲鳴を聞いたと証言する者が二人見つかっています。通報した倉本さんと同じく、夜十一時ちょうどだと話してますから、犯行時刻は確定したと考えていいでしょう」

管理官の階級は警視で、警部補の淀屋より二つ上だが、年長者に敬語で話すのは警察の常識だ。

その後の犯人の動きですが、と小田原が話を続けた。

「被害者から財布を奪い、地蔵通りに向かったと思われます。距離は約六百メートル、再現実験

明です」

信号機がありません。三分ないし四分で都道A33号線に出たでしょう。しかし、そこからの足取りは不明です」

信号機があります、と淀屋はタブレットを指さした。地蔵通りを含め、四本の脇道を歩き、防犯カメラの位置は確認済みだった。

右方向百メートル、左方向二百メートル、と小田原がタッチペンでタブレットに印をつけた。

「都道A33号線を右に曲がればJR大塚駅、左は都営地下鉄の千石駅方面ですが、どちらにも犯人らしい人物は写っていませんでした。おそらく、A33号線を突っ切ったんでしょう。中央に車線分離の高さ一メートルほどの植え込みがありますが、簡単に乗り越えられます。直進すると池袋市街ですが、四百メートル先まで防犯カメラがないので、その間の細い道に入ったかもしれません。それ以上は何とも……」

目撃者がいないのが痛い、と古田が舌打ちした。

「身長はわかったが、服装、体格は不明だ。ガイシャの娘が覚えていれば助かったんだが、それどころじゃなかっただろう。本格的な聞き込みが始まったのは夜中の一時前後だ。タタキの犯人は自宅近くで無茶をしない。それでも、万が一ってこともあるからな。面を見れば、様子がおかしい奴はわかるが、予想通りで特に何もなかったよ。だが、犯人には土地勘があったようだ。あの辺りは暗いし、夜になれば人通りが少なくなる。それを知っていたから、あそこを選んだんだ」

私も同じ意見です、と小田原がうなずいた。

「日が暮れてから近くで通行人を待ち構え、現金を持っていそうな者を襲うつもりでいたが、踏ん切りがつかないまま時間だけが過ぎていった……結局、被害者を襲いましたが、誰でもよかったんでしょう」

管理官の指示で捜査員のほとんどを地蔵通りに投入した、と古田が言った。

「犯行時刻とその後の動きは分単位で割り出せるから、見つけるのは難しくないと思っていたんだが、甘かったな」

犯人が犯行後、怖くなって現場近くで隠れていたなら、深夜の捜索で見つかったはずだ。途中で足を止める理由はない。

被害者の娘の証言通り、犯人は地蔵通りに向かったと小田原が考えるのは妥当な判断だが、淀屋は僅かに首を傾げた。

A33号線は交通量が多く、夜間で強い雨が降っていた。無理に渡れば、車に撥ねられてもおかしくない。

ただ、自分が人を殺すと犯人は予想していなかったはずで、混乱していたのは確かだ。強引に突っ切った可能性はある。無茶だが、強盗ならそれぐらいするだろう。

A33号線を渡ったとしても、その後の行動がわからない。逃走時刻に走っていた車を捜し、ドラレコを確認するしかない。

十一時三分から十三分の間にA33号線を歩いていたのは九十三人です、と小田原が言った。

「顔がはっきり写っていたので、現時点で七十九人の身元が判明、いずれも新千石五丁目の住人でした。不審な男には気づかなかったと話しています。あの雨ですから、それどころじゃなかったんでしょう。前しか見ていなかったのでは？」

念のためですが、と淀屋は咳をした。痰《たん》が喉に絡まって、不快だった。

「ガイシャの娘は地蔵通りに向から犯人を見ています。しかし、高校一年生、十六歳の少女です。怖くてパニックを起こしていても不思議じゃありません。他の脇道を通って逃げた可能性も検討するべきでは？」

それは私も考えました、と小田原がうなずいた。

「犯人は若葉通りに入ったガイシャを襲っています。逃げるなら、そのまま直進して国道大塚線に出る方が普通でしょう。ですが、若葉通りを出たところに信号機があるので、通れば必ず防犯カメラに写ります。不審な男は写っていませんでした」

「涼風ストリートはどうです？　七味通りは？」

どちらも調べました、と小田原が報告書を長机に載せた。

「しかし、涼風ストリートは地蔵通りと逆方向で、ガイシャの娘もそこまで訳がわからなくなっていたとは思えません。七味通りには彼女がいたので、考えにくいでしょう。もちろん、確認が警察の仕事ですから、周辺の防犯カメラを調べるように指示しました。今のところ、不審な男は見つかっていません。やはり、本線はA33号線だと思います。他の三本の道路を調べるには人員が足りません。分散すればかえってマイナスになる……それが私の判断です」

宙で視線が交錯したが、淀屋は目を逸らした。指揮官の決定に口を挟む立場ではない。

凶器なんだが、と古田が咳払いをした。

「特定できていない。細い刃物なのは確かで、形状としてはアイスピックや千枚通しが近いが、傷の幅と合わない。マイナスドライバーの類じゃないか、と鑑識は言ってる。脅すためだから、何でもよかったんだろう。だが、ドライバーは星の数ほど種類があるから、照会と言ってもな……淀屋、どう思う？」

犯人が何を考えていたのか、さっぱりわかりません、と淀屋は口を開いた。

「強盗するつもりなら、果物ナイフぐらい準備してもいいのでは？　ドライバーなんか使うでしょうか？　ガイシャを襲った理由もはっきりしません。大金を持ち歩いていないのは、服を見ればわかったはずです。数万円のために、殺しまでやりますか？」

殺したのは弾みだ、と古田が言った。

「そんなつもりはなかっただろうが、金に窮した奴は後先を考えない。それは知ってるだろ？」

織川の通夜で神代小の教師と話しました、と淀屋は二人を交互に見た。

「ひと月ほど前、誰かにつけられている気がする、と織川が言っていたそうです」

聞いてません、と不機嫌な表情を浮かべた小田原に、その教師も忘れていたんです、と淀屋は苦笑を浮かべた。

「馬鹿馬鹿しいと笑ったら、それきり触れなくなったと話していました。これは勘ですが、強盗ではなく、強盗を装って織川を殺害したのかもしれません」

財布を奪っています、と小田原が口を尖らせた。

「強盗でなくて何だと？」

「偽装です」

織川を殺すほど憎んでいた者はいない、と古田が間に入った。

「地味で目立たないが、優しい先生だった、そんな話ばかりだ。付き合いが悪く、親しくしていた者はいなかったが、今時はどこでもそんなものだ。人間関係のトラブルがなけりゃ、怨恨絡みの殺しは起きない」

三十三歳の時、織川は婚約を解消しています、と淀屋は言った。報告書は読んだ、と古田がうなじの辺りを揉んだ。

「婚約者の女性が浮気したそうだな。しかし、十二年前の話だぞ？　非があるのは女の方で、織川がその女を殺したなら筋も通るが、殺されたのは織川だ」

小中陽子という女性です、と淀屋はメモに目をやった。

「織川との婚約を破棄した後、別の男性と結婚して、今は大阪に住んでいます。二人が勤務していた荒城小の教師から電話番号を聞きました。連絡を取っても構いませんか？」

もちろんです、と小田原がうなずいた。

「偽装殺人の可能性はないと思いますが、当たって損はありませんからね……ただ、その女性が殺したとは考えられません。傷の深さから男性と断定できる、とも報告が上がっています。事情を聞く際、そこは留意してください」

わかっていますと答えた淀屋に、九時前だ、と古田が壁の時計を指さした。

「今なら、電話しても問題ないだろう」

席でかけます、と淀屋は立ち上がった。小中陽子を犯人扱いするつもりはなかったが、二人の前では話しにくい。古田もそれを察したようだ。

会議室のドアを後ろ手に閉め、淀屋は自分の席に戻った。どうでしたか、と隣の席から訊いてきた安岡に、指で丸印を作ってから電話機に手を掛けた。小中の件は安岡に話していた。

荒城小の新井に教わった番号を押すと、四回目のコールで相手が出た。

「小中さんですか？」

そうですけど、と低い女の声がスピーカーホンから流れ出した。きれいな標準語だった。

「夜分、申し訳ありません。警視庁の淀屋と申します」

「警視庁？」

以前お勤めされていた荒城小学校の新井先生から連絡先を伺いました、と淀屋は言った。

「ああ……新井先生……覚えています」

「八日前、東京で殺人事件が起きました。被害者は織川俊秀さん、小学校の教員です。そのことで、織川さんと婚約されていた小中さんにお話を伺えればと思いまして……」

ニュースで見ました、と陽子が言った。声が固くなっていた。

「確かに、織川と婚約していました。でも、いろいろあって、その話はなくなったんです。その後、わたしは今の主人と結婚して、転勤についてくる形で大阪に引っ越しました。今は梅田《うめだ》の小学校で教えています。彼とはずっと会ってませんし、連絡も取っていません。お話しできることはないと――」

すみません、と淀屋は軽く頭を下げた。

「関係者に詳しい事情を聞くのが我々の仕事でして……ご協力ください」

返事はなかったが、淀屋は話を進めた。

「報道では強盗からの殺人となっていますが、怨恨による殺人の可能性もありまして……」

「わたしが彼を殺したと？」

先ほどとは打って変わった高圧的な口調に、淀屋は安岡と顔を見合わせた。

「そうではありません。ただ、怨恨絡みだとすれば、過去に何らかのトラブルがあったのではないかと……織川さんが亡くなるまで勤めていらした神代小の先生方によれば、生徒、保護者と揉めたことはなかったそうです。荒城小にいた頃のことを調べていると、あなたの話が出てきました。あなたの方が交際に積極的だったと伺いましたが……」

そうです、と陽子が言った。

「新井先生を通じて、好意を伝えました。熱心に子供たちを教えていましたし、真面目で優しい先生で、尊敬できる方でした。他に何と言えと？　婚約まで話が進んでいたのに、破談にしたのはわたしの都合です。彼が荒城小を辞めたのもわたしのせいで、申し訳ないと思っています。でも、噂で聞きましたが、彼は結婚したんですよね？」

「そうです」

「わたしが知っているのは十年以上前の織川で、今の彼のことはわかりません。奥様に聞くべきでは？　はっきり言いますが、ニュースを見るまで、彼のことは忘れていたんです。薄情なようですけど……もうお話しすることはありません。失礼します」

いきなり通話が切れた。女は怖いですね、と安岡がため息をついた。

「一度は婚約した男性が殺されたんです。同情心はないんですかね？　薄情なようですけど、ガチャン、それはないでしょう」

仕方ない、と淀屋は腰に手を当てた。

「夫がいる身だ。昔の男のことで、トラブルに巻き込まれたくはないだろう。大阪でも小学校の先生をしているようだから、殺人事件の被害者と知り合いだった、婚約していた、と痛くもない腹を探られるのは誰だって避けたいさ……腹の具合がおかしい。トイレに行ってくる」

連想ゲームですかと笑った安岡を残し、淀屋はトイレに駆け込んだ。チャックを降ろすと、下腹《はら》を熱い何かが通り過ぎていった。

便器を見ると、真っ赤になっていた。血尿だ。

ガンが再発したとわかり、淀屋は静かに目を閉じた。

第二章　朝凪

1

三月一日、恭介は朝十時に家を出た。飯田橋《いいだばし》の自宅から上野まで、乗り換えも含めて二十分もかからない。約束の時間は昼の十二時だが、待ち切れなかった。

ゆうべはほとんど寝ていない。小学生の頃、遠足の前日になると、そわそわしてなかなか眠れなかった。それと同じだ。

（流夏と会える）

会ったら何を話そう。ちょっとした冗談に、流夏が笑ってくれたら。恭介が考えていたのはそれだけだった。

上野駅に着いたのは十時三十五分だった。美術館までは公園口の改札から三分ほどで、子供でも迷わない。

正面にジャクソン・ポロック展の巨大な看板があり、日本初公開、と太い文字が躍っていた。

次々に客がエントランスへ入っていく。カップル、大学生、親子連れもいた。誰もが楽しそうだ。

恭介の顔にも笑みが浮かんでいた。流夏に会うこの日をどれだけ待っていたか、誰にもわからないだろう。

大学で流夏と話すのは数分だが、今日は違う。一緒に長い時間を過ごせる。

流夏は昼食を済ませてくるだろうか。何も食べていなければ、どこか店に入ろうと誘える。その分、流夏といる時間が長くなる。

美術展に来るのは初めてだった。すべて観て回るのに、どれぐらい時間がかかるだろうか。

椅子に座って鑑賞するわけではないから、足は棒のようになるだろう。お茶でも飲まないか、と誘っても不自然ではない。夜まで二人で過ごせたら、と恭介は強く手を握った。

今日のために、恭介は新しいボタンダウンシャツとセーター、コーデュロイのパンツを買っていた。コートはいつものダッフルで、それだけが悔やまれた。

十一時半、恭介は美術館の正面エントランスの前に立った。冷たい風が吹いていたが、流夏を待たせるわけにはいかない。

十二時になり、美術館の奥から鐘の音が聞こえた。それから一時間経ったが、流夏は現れなかった。

迷ったのかもしれない、と恭介は辺りを見回した。

上野駅にはいくつも改札がある。公園口ではなく、他の改札から出てしまい、道順がわからなくなったのか。

二時になると、不安が恭介を襲った。自分の携帯番号は教えていたが、流夏の番号は知らない。

連絡できないまま、待つしかなかった。

三時、四時、時間だけが過ぎていく。五時になり、目を背けていた問題と向き合うしかなくなった。

流夏は来ない。最初から来る気がなかった。

違う、と恭介は強く首を振った。流夏はポロックが好きだ。原画を観るチャンスを捨てるはずがない。

五時半、急に雲が厚くなり、降り出した滴があっと言う間に強い雨に変わった。

それでも恭介は美術館の前から動かなかった。ここで待つ、と約束した。流夏は必ず来る。

ずぶ濡れのまま、恭介はただ立っていた。陽が暮れ、辺りが暗くなった。流夏は来なかった。

2

まだ冬だな、と淀屋は立ったまま窓に目を向けた。

三月四日月曜日、午後一時。霙《みぞれ》交じりの横風が吹いていた。

なかなか暖かくなりませんね、と安岡が手をこすり合わせた。東千石署の室温は二十六度に設定されている。外気温は十度で、暖房の利きは悪かった。

「淀屋さん、体調はどうなんです？　ちょっと痩せましたか？」

冗談は止《よ》せ、と淀屋は首を振った。その拍子に、胃の下に鈍痛が広がった。

先週から、水とヨーグルト、栄養ドリンクしか喉を通らなくなっていた。一週間で体重が三キロ落ちたが、安岡に言うつもりはなかった。

血尿が出た翌日、病院へ行った。いくつか検査をして、結果を待つことになったが、自分の体だ。答えはわかっていた。

午前中の会議で、と淀屋は椅子に腰を下ろした。

「第一班から報告があっただろ？　都道A33号線を歩いていた九十三人、国道大塚線の百十五人の身元がすべてわかったと……」

撮影のコンディションが良かったようです、と安岡がうなずいた。

「ぼくも見ましたが、顔がはっきり映ってましたからね。ほとんどが周辺住人だったので、身元特定が早かったんでしょう。休みも取らず、早朝から深夜まで聞き込みを続けたのは執念としか言いようがありません。ただ……犯人はおろか、それらしい人物を誰も見ていなかったわけで、今後は都道小石川線と国道千石線を調べるということですが、期待薄ですね」

はっきり言うな、と淀屋は苦笑を浮かべた。

事件が起きて十七日が経過している。目撃者の記憶も曖昧になるだろう。

怖いのはそれだ、と淀屋は脂の浮いた額を手で拭った。

犯行日の夜は強い雨が降っていた。誰であれ、周囲に気を配る余裕はなかっただろう。

それでも、様子のおかしな男がいれば、何となくわかるものだ。

顔は見ていなくても、服装や特徴は記憶の片隅に残っている。それを聞き出すのが刑事の仕事だ。

だが、誰であれ、時間が経てば漠然とした話しかできなくなる。そんな気がする、というレベルの証言はあまりにも心もとなく、思い込みによる捜査は袋小路に入り、解決が遅れるだけだ。

犯人の身長は一七〇センチから一八〇センチです、と安岡が自分の額に手を当てた。

「ぼくが一七八センチですから、同じぐらいでしょう。トータル二百八人のうち、約八十人が該当したそうですが、それだけじゃ話になりません。服装はともかく、ガイシャの娘が体格だけでも覚えていたら、絞り込みも容易になったんですが……」

その中に犯人がいるとは限らない、と淀屋は首を振った。

「犯人は都道A33号線を渡り、池袋方面に逃げた可能性が高いと小田原管理官は話していたが、そうだとすれば防犯カメラに写らない。犯人が地蔵通りを走って逃げたのは確かだ、と捜査会議で結論が出た」

「ガイシャの娘が見てますからね」

だが、A33号線に出たのを見たわけじゃない、と淀屋は言った。

「あの辺を何度も歩いたが、途中に私道や細い道が何本かあった。そっちに入れば国道大塚線や千石線に抜けられるし、方向を変えて反対側の都道小石川線に向かったかもしれない。犯人の目的は金で、殺したのはアクシデントだ。パニックに陥り、自分がどこを走っているのかわからなくなっていた、そんなことがあってもおかしくない。A33号線だけじゃなく、他の道路も調べた方がいいと思うんだが……」

混乱した犯人に理屈は通じませんからね、と安岡がタブレットの地図を拡大した。

「ただ、犯行現場付近は道が入り組んだ住宅街で、脇道や私道だらけです。下手に入れば行き止まりですよ。そんなところでうろうろしていたら、駆けつけた警察官に逮捕されたでしょう。犯人は地蔵通りに向かい、そのままA33号線まで走ったと思いますね。道を変える理由はありません」

「なぜ犯人はあの十字路を選んだ？」

淀屋は二回続けて咳をした。喉の奥で、何かが詰まっている感じがした。

あそこが暗くて待ち伏せに適していたからです、と安岡が答えたが、違和感が淀屋の頭を過った。

何かが違うとわかっていたが、うまく説明できずに言葉を探していると、無理しないでください、と安岡が不安そうな表情を浮かべた。

「捜査じゃなく、体のことです。顔色が悪いですよ。少し休んだ方がいいと……」

わかってる、と淀屋はもう一度大きく咳をした。不意に目の前が真っ暗になった。

3

四月二十二日月曜日、恭介は学食に入った。窓際の席で、流夏がカレーを食べていた。

四月に入ってから、恭介は大学に来ていなかった。流夏と会うのが怖かったのだ。

「椎野」

声をかけると、流夏がスプーンを置いた。いつもカレーだな、と恭介は向かいの席に座った。

無言で流夏がカレーを食べ始めた。四年になった、と恭介は窓の外に目をやった。

「一年後には社会人だ。信じられないよ。十五年、学校に通ってきた。バイトはともかく、サラリーマンなんてね……二月にOB訪問をしたんだ。その話はしたっけ？」

面倒だな、と流夏がスプーンを水のグラスに突っ込んだ。

「つまらない前置きがなけりゃ、話もできないのか？　どうして美術展に来なかったんだって、はっきり聞けばいいだろう」

流夏の尖った声に、学食にいた学生たちが振り向いた。用事ができたんだろ、と恭介は言った。

「気にしてない。それより……」

大学に入ってから、と流夏がテーブルに肘をついた。

「お前がやたらと話しかけてくるようになった。正門、学食、教室、どこへ行っても待ち伏せている。何なんだって思ったよ。ずっと我慢してたんだ。いいか、俺とお前は友達でも何でもない。もううんざりだ。二度と近づくな。迷惑なんだよ」

迷惑、と恭介は顔を伏せた。頬が小刻みに震え出していた。

「ぼくは……椎野を友達だと思ってた。同じ高校だし……」

話したこともない奴を友達とは言わない、と流夏が舌打ちした。それなら、と恭介は顔を上げた。

「どうしてポロック展に行くって言ったんだ？」

その問いだけは口にしないつもりだった。答えを聞けば、何もかもが終わる。だが、止められなかった。

チケットを渡した時、と恭介は大声で言った。

「いいのかって、君は言った。チケットを受け取っていいのか、ポロック展に行っていいのか、そういう意味だろ？　ぼくは嬉しかった。椎野と一緒に美術館へ行けるって……」

俺は行かなかった、と流夏が首を振った。

「理由を教えてやる。忘れてたんだ。お前のことなんか、頭の片隅にもなかった。何でだと思う？　友達じゃないからだ」

ぼくはずっと待ってた、と恭介は流夏を見つめた。

「椎野が来ると信じて……」

「それはお前の勝手だ。いいな、二度と話しかけるな」

そのまま流夏が学食から出て行った。恭介は顔を両手で覆った。

4

真奈美が顔を上げると、学食のテーブルで、流夏と恭介が視線をぶつけ合っていた。

佐々木くん、すごい怒ってる、と珠江が囁いた。

「あんな大声出すんだ。初めて聞いた」

二人が言い争っている。恭介が何か言うと、押さえつけるように流夏が言葉をかぶせた。恭介の頬に涙が伝った。

いきなり立ち上がった流夏がその場を後にした。その表情は暗かった。

泣いてる、と佐里が真奈美の二の腕に肘を当てた。肩を落として椅子に座った恭介の喉から、呻くような声が漏れていた。

馬鹿みたい、と佐里が口を尖らせた。

「ちらっと聞こえたけど、美術館に行く約束をしてたみたい。ずっと待ってたって佐々木くんが言ったら、二度と話しかけるなって椎野くんが怒鳴《どな》ってた。怖いんですけど」

椎野くんのお父さんって、と珠江が言った。

「四ッ谷でバーをやってるでしょ？　お店の手伝いとか、そんなことを言われたんじゃない？　高校の時も、似たようなことがあった気がする」

流夏の父親は四ッ谷の左門町《さもんちょう》で小さなバーを開いている。それは真奈美も聞いたことがあった。同じ高校だから、珠江も知っていたのだろう。

椎野くんのお父さんってさ、と佐里が声のトーンを落とした。

「バーをやる前は銀行に勤めてたらしいよ」

知らない、と珠江が身を乗り出した。脱サラしてバーを始めたんだって、と佐里が話し始めた。

「うちの母親が通ってるテニス教室に、椎野くんのお母さんの中学校の同級生がいて、娘が明政大学の文学部だって話したら、椎野くんと同じじゃって……仲良くなって、いろいろ聞いたみたい。うちの母親、ゴシップ好きだからさ」

「銀行マンからバーのオーナー？　珍しくない？」

前からやりたかったらしいよ、と佐里が言った。

「だけど、バーって夜の仕事でしょ？　あんまりイメージ良くないよね……マナ、聞いてる？」

二人の声が真奈美の耳を素通りしていく。頭にあったのは、流夏の暗い顔だった。

怒りではない。苛立ちでもない。あれは後悔だ。

席が離れていたので、流夏が何を言ったのかはわからない。恭介が泣いているのは、流夏の言葉に傷ついたからだろう。

感情的な言葉を投げ付け、そのまま立ち去るのは流夏らしくない。いつもの彼なら、何があっても無視するだけだ。

流夏は故意に恭介を傷つけた。そして、それを悔やんでいる。なぜなのか、理由がわからなかった。

肩を落とした恭介が学食を出て行った。ウケる、と佐里と珠江が笑い声を堪えた。

「何なの、佐々木くん。フラれたみたい」

冗談のつもりだろうが、そうではない、と真奈美は小さく首を振った。恭介は流夏に告白し、そして失恋した。

今の恭介は明日の自分だ。もっと悪いかもしれない。

何もないまま、流夏を失う。何よりもそれが怖かった。

5

淀屋は霧の中に立っていた。何も見えない。息が苦しいのは霧のせいだろう。

すすり泣く女の声が聞こえた。目を開くと、一瞬で霧が消えた。枕元で妻の朋江《ともえ》と古田が顔を覗き込んでいた。

「……病院か」

つぶやきが漏れた。起こして悪かったな、と古田が言った。

「様子を見に来て、奥さんとつい話し込んじまった。うるさかったか？」

いや、と淀屋は答えた。鼻と口を人工呼吸器が覆っているので、声がこもっていた。

「眠ってたらしい……夢を見ていた」

仕事上では上司と部下で、敬語で話すのが常だが、普段は同期として接している。

どんな夢だと尋ねた古田に、夢の話はつまらん、と淀屋は横を向いた。

「どれぐらい眠ってた？」

半日ほど、と朋江が答えた。参ったな、と淀屋は笑った。笑うしかなかった。

半月前、東千石署で大量の血を吐き、意識を失った。安岡が救急車を呼び、病院に搬送されたと後で聞いたが、その間の記憶はない。

目が覚めたのは翌日の夕方で、受けていた検査の結果が出たのはその夜だった。肺と骨にガンの転移があると告知され、そのまま中野の東京警察病院に入院することになった。

思っていたより顔色がいい、と古田が言った。

「いつ戻る？　手が足りなくて困ってる」

下手な慰《なぐさ》めは止せ、と淀屋は手を振った。骨に皮がついているだけの手の甲に、紫色の染みがいくつも浮いていた。

「古田、面倒をかけて済まない」

朋江が背中を向けた。珍しく弱気だな、と古田が苦笑した。

仕方ない、と淀屋は首をすくめた。

「今さらじたばたしたところで何も……誰だ？」

ドアの横に男が立っていた。星野警部、と古田が名前を呼んだ。

「三人の子供が続けて殺された例の事件で、犯人を逮捕した男だ」

あの男か、と淀屋は囁いた。

「星野……彼が犯人を特定したそうだな」

去年の七月、三日連続で子供の殺害事件が起きた。最初は東京、翌日は埼玉、その翌日は愛知だった。

警察には管轄があり、基本的には事件が発生した現場の警察本部が捜査を担当する。

東京の警視庁、埼玉県警、愛知県警は組織が異なり、有機的な連携はない。三件の殺人をそれぞれが捜査したのは当然だし、他の警察本部が捜査に口を挟んだり、首を突っ込んだりするのはタブーとされる。

だが、そのルールをあっさり破った者がいた。それが星野だ。

捜査本部の方針に反対した警部が独力で事件を解決に導いた、と淀屋は聞いていた。ただし、係が違うので、それ以上の詳しい事情は知らない。

どうも、と星野が頭を下げた。落ち着いた声だった。

うちで預かることになった、と古田が言った。

「いろいろあって、三係長と揉めてな……こっちで引き取るしかなかった。お前さんが戻ってくるまで、千石の事件を任せようと思ってる」

頼む、と淀屋はうなずいた。星野に後を託せばいい、と直感でわかった。

少し寝ろ、と古田が言った。朋江のすすり泣く声がそれに重なった。

いつの間にか、目の前に霧が降りていた。

6

「金原先生」

放課後、職員室に入ってきた詩音が洋美の前に立った。

二週間前、詩音は高校二年生になった。あえてだが、父親の死に洋美は触れなかった。クラスメイトも同じだ。正しいのか、間違っているのか、今も迷いがあった。

病死や事故死なら、かけられる言葉がある。だが、詩音の父親は強盗に殺された。その事実に正面から向き合うのは難しい。見守るしかなかった。

詩音の心を癒したのは岡島多佳子だ、と洋美は気づいていた。詩音が学校に戻ってから、話しかける姿を何度も見ていた。

「どうしたの？」

美術部に戻ってもいいですか、と詩音が言った。

「ずっと休んでましたけど、そろそろいいかもって」

わかった、と洋美はうなずいた。父親の死と向き合い続けるのは、かえって良くない。絵に集中すれば、嫌な記憶も薄らぐだろう。

「明日の放課後、美術室に来なさい。時間厳守よ」

わざと厳しい口調で言うと、冗談とわかったのか、詩音が明るい笑みを浮かべた。

彼女の笑顔を見るのは久しぶりで、洋美の中に安堵感があった。詩音の苦しみも、いずれ時が癒すだろう。

先生、と詩音が洋美の机にあった画用紙を指さした。

「誰が描いたんですか？　素敵な絵ですね」

あなたの先輩、と洋美は言った。

「うちの高校の卒業生よ。美術の校外授業で、彼がスケッチを描いたの。返そうとしたら、捨ててくださいだって」

新宿御苑《ぎょえん》の桜、と洋美は絵に目を向けた。迷いのない線で散りかけた桜を描き、竹ペンで丁寧に点を打っている。淡い色使いを含め、非凡なセンスがなければ、この絵は描けない。

「……すごい」

詩音の唇から漏れた囁きに、洋美はうなずいた。七年前、突然現れた少年。ずっと待ち続けていたギフトの持ち主。

洋美のスタートは小学校のお絵かき教室だった。中学、高校で美術部に入り、才能を認められ、美大に進んだ。

その間、何人か天才を見ていた。自分には描けない絵、作れない色、考えも及ばない構図、頭に浮かんだイメージを易々とキャンバスに写す能力。

彼もそれを持っていた。詩音と同等か、それ以上だったかもしれない。

何度も美術部に誘ったが、その度に断られた。絵が嫌いなんです、と言われたこともあった。

そんなはずはない。彼は絵を描きたかった。それには確信があった。捨ててくださいと言われた絵をファイルに入れ、机のラックに残した。時々、取り出しては見返す。それが習慣になっていた。

詩音と会わせたい、と洋美はずっと思っていた。二人なら、言葉を交わさなくても心が通じるだろう。

だが、彼にその気がないのもわかっていた。絵も描いていないはずだ。

「どんな人ですか？」

詩音の問いに、わからない、と洋美は首を振った。

「彼は少し変わっていた。わたしは担任じゃなかったから、詳しいことは知らないの。じゃあ、明日ね」

わかりました、と詩音がうなずいた。視線は机のスケッチに向いたままだった。

7

よろしいですかという声に、坪川直之《つぼかわなおゆき》は顔を上げた。目の前に立っていたのは星野だった。老いた犬に似た顔に、笑みが浮かんでいた。

坪川は空いていた隣の椅子を勧めた。不思議なものです、と星野が腰を下ろした。

「警視庁採用だったあなたが、練馬《ねりま》署の刑事たちの不正を内部告発したため、特例措置で愛知県警に回され、その後こちらへ戻ってきました。そして、今日から私も同じ一課第三強行犯四係で机を並べることになります。よほど縁があるのでしょうな」

去年の七月、東京で小学生の惨殺死体が発見された。犯人は被害者の首を切断し、通学していた小学校の校門に置き捨てていた。

次の日に埼玉県で中学生の少女、更にその翌日には愛知県で乳児が殺されたが、三人の被害者に共通点はなく、犯行場所、管轄、犯行の手口が違うため、三件の殺人事件を関連付けて考える者はいなかった。

事件を解決したのは星野と同僚の鶴田《つるた》刑事、埼玉県警の二人の刑事、そして愛知県下の所轄署にいた坪川だ。

五人の捜査員はそれぞれ疑念を持ち、捜査を始めていたが、誰よりも早く犯人に迫ったのは星野だった。

星野がいなければ、解決が長引いたのは確かで、未解決事件になってもおかしくなかった。その後、坪川は警視庁への復帰が決まり、四月一日付けで強行犯四係に配属された。

この連続殺人事件を捜査した際、坪川は星野と電話で話しただけで、直接会っていなかった。一月に警視庁で辞令を拝命した時、初めて挨拶をしたが、星野の三係とフロアが違うので、その後は話していない。

星野の四係への異動は、唐突と言っていい人事だ。三係の係長との間でトラブルがあったと噂になっていたが、詳しく聞こうとは思わなかった。知ったところで、どうなるものでもない。

十年前からここにいます、という顔で星野が辺りを見回している。変わった人だ、と改めて坪川は思った。

縁ですな、と繰り返した星野に、ぼくの方こそ驚きました、と坪川は椅子ごと体を向けた。

「あの事件をきっかけに警視庁へ復帰しましたが、星野さんと同じ部署になるとは思ってませんでした」

異動早々申し訳ないのですが、と星野が言った。誰に対しても丁寧に話すのは星野の癖だ。

「担当を引き継いだ事件があります。古田係長と話しましたが、あなたに手伝ってもらった方がいいと思いまして」

二月十六日深夜、文京区で小学校の先生が強盗に殺されました、と星野が説明を始めた。

新千石の教師殺しは坪川ももちろん知っていた。配属された四係が担当していて、着任前に捜査資料を読んでいた。ただ、異動直後ということで、捜査本部には加わっていなかった。

続けてください、と坪川はメモ帳を取り出した。

「有力な手掛かりがないまま二カ月が経ち、来週中に捜査本部が縮小するそうです。小田原管理官は刑事部特命捜査対策室に任せるつもりだったようですが、事情があって私が預かることになりました」

「事情とは？」

「三月の初めに統括主任の淀屋警部補が入院したのは聞いてますよね？　二年ほど前に胃ガンを患い、手術を受けて現場に復帰しましたが、再発したそうです」

着任した時に聞きました、と坪川はうなずいた。

古田係長の話では、と星野が小さくため息をついた。

「これが淀屋さんの最後の事件になるでしょう。未解決のままで終わらせるわけにはいかない、と刑事なら誰でも思います。特命対策室に渡す前にもう一度捜査したいと上に掛け合い、私が専従捜査を命じられた……流れはそういうことです」

ぼくで良ければ、と坪川はうなずいた。

「ただ、殺人事件の捜査経験がほとんどなくて……強盗殺人ですよね？　かえって足手まといになるのでは？」

遠くの親戚より近くの他人です、と星野が笑みを濃くした。

「自慢ではありませんが、私も殺人事件の捜査に不慣れです。三人寄れば文殊の知恵と言いますが、二人でも何とかなるでしょう」

「何を調べるつもりですか？　事件が起きて二カ月経ってるんですよね？　新たな証言者、目撃者は期待できないと思いますが」

捜査報告書のファイルをメールで送りました、と星野が坪川のパソコンを指した。

「ひと通り目を通して、疑問点、不明点があれば言ってください。時間があれば、今夜にでも現場に行ってみましょう」

わかりましたとうなずくと、では後ほど、と星野が自分の席に戻った。

パソコンでメールを確認すると〝新千石五丁目小学校教師強盗殺害事件〟のファイルが届いていた。坪川は長い息を吐いた。

強盗殺人の捜査は難しい。目的は金で、被害者は誰でも構わない。

殺人事件とは違い、犯人と被害者を直接結ぶ線がないことが多い。それが捜査を困難にする。

そして、時間の経過は事件そのものを風化させる。人間の記憶力は当てにならない。

坪川はファイルをクリックした。添付された捜査報告書がパソコンの画面一杯に広がった。

8

「金原先生、何だって?」

職員室から戻ってきた詩音に、多佳子は尋ねた。戻っていいって、と詩音が通学用の大きなスクエアリュックを机に置いた。

絵を描きたい、と詩音が言ったのは先週だった。だったら美術部に戻りなよ、と背中を押したのは多佳子だ。

去年の九月、文部科学省主催の全国学生絵画コンクールで、詩音の絵が高校の部で優秀賞に選ばれた。いつかそんな日が来る、と多佳子は中学の時から思っていた。

小学校二年生の図工の時間、詩音が宿題で提出した絵を突き返され、母親が学校に呼ばれたエピソードは同級生なら誰でも知っている。親が描いたと先生が思い込むほど、美しい絵だった。

教わらなくてもサッカーが巧い子供がいる。すらすらと教科書を読める子供もいる。

詩音もそうだ。習っていないのに、大人顔負けの絵を描く才能があった。

羨ましい、とさえ思わなかった。立っているステージが違うのだから、感心するだけだ。

そして、多佳子は詩音の絵が好きだった。いつまでも見ていたい、素直にそう思える絵だ。

「言ったでしょ?　金原先生が断るわけないって」

父親を強盗に殺され、ショックを受けた金原が詩音を心配しているのは、見ていればわかった。

その気持ちが強すぎて、言葉をかけられなくなっていることもだ。

詩音から言った方がいいと勧めたのは、そのためだった。

「いつから？」

明日、と詩音が答えた。連休が始まっちゃうもんね、と多佳子は自分のスクエアリュックに教科書とノートを詰めた。

「部活、火曜と木曜だよね？　終わるまで待ってるから、一緒に帰ろう……どうしたの？　そんな顔して。何かあった？」

何も、と詩音が目の下を手の甲で拭った。

「金原先生が見ていた絵が素敵で、感動しちゃっただけ」

泣くことないじゃん、と多佳子は詩音の手を握った。

「感受性豊かな子だよ、あんたは……よし、わかりました。美術部復帰を祝して、駅前のハンバーガー屋でわたくしがおごりましょう」

行く行く、と詩音が立ち上がった。泣き顔が笑顔に変わっていた。

9

暗いですな、と星野が十字路の中央に立った。午後八時、街灯の光に照らされ、小さな影が映っていた。

資料に目を通しました、と星野に伝えたのは夕方だ。ほとんどの捜査員がデスクワークより現場を好む。顔に出ていたのか、行きますか、と声をかけられたのは七時過ぎだった。

ここで被害者は強盗に襲われたんですね、と坪川は電柱に立てかけられていた看板に目をやった。二月十六日夜十一時、この場所で強盗殺人事件が発生しました、と太字で記されていた。

坪川はプリントアウトした捜査資料を挟んだクリアファイルを、カバンから取り出した。

正確に言うとあそこです、と星野が十メートルほど離れた辺りを指さした。

「被害者……織川俊秀さんの家はすぐ目の前で、家に着く直前に殺されたんです」

被害者の娘が七味通りにいたとあります、と坪川は資料をめくった。

「約五十メートル後方……あの辺でしょうか？　犯人は気づかず、財布を奪った後、地蔵通りを走って逃げた……道幅が狭いですね」

四メートルほどでしょうか、と星野が手を左右に広げた。

「一方通行じゃないのが不思議です。もっとも、両脇の家に駐車場がありますから、譲り合えば通れるんでしょう」

六百メートルほど進むと都道A33号線に出ます、と坪川は資料の地図に指を当てた。行ってみますか、と星野が歩きだした。

左右に戸建てが並んでいる。三カ所、奥に続く細い道があったが、いずれも行き止まりだった。

坪川は四本目の道で足を止めた。五メートルほど先に、低い金網が張られ、その向こうに月極《つきぎめ》駐車場が見えた。

「あの金網なら乗り越えられそうです。月極駐車場の出入り口は右側……犯人はあそこから逃げたのかもしれません」

捜査本部が来てます、と星野が言った。

「何度も調べたはずで、私たちにできることは限られています。何しろ二人ですからね。今日は下見ですよ。ぶらぶら歩くだけでいいんです」

「そうは言いますが……」

「五十人の捜査員が二カ月かけて調べたんです。強盗犯が人を殺したとなれば、殺意があってもなくても重罪で、犯人逮捕は最優先事項ですが、容疑者すら浮かんでいません。なぜだと思います？」

強盗殺人犯の捜査が難しいのは常識でしょう、と坪川は答えた。

「誰を襲うかは犯人の都合次第です。被害者との接点がないので――」

教科書通りの回答ですな、と星野がうなずいた。

「しかし、もっと重要なポイントがあったと思います」

「何です？」

予断、思い込み、先入観、と星野が指を折った。

「未解決事件の多くは初動捜査のミスによるもので、最初の一歩を踏み間違えると、後は泥沼ですな。その点、私たちは詳しい事情まで把握してませんから、フラットに事件と向き合えます。古田係長が淀屋統括主任の後釜に私を据えたのは、視点を変えた方がいいと判断したからでしょう。とはいえ、現場ぐらい見ておかないと話になりません。自分の足で歩かないと、わからないことはありますな」

例えばこの暗さです、と星野が地蔵通りに目を走らせた。

「事件が起きたのは夜の十一時、しかも強い雨が降っていました。今は家々の玄関の明かりがついてますが、どの家も家族が帰宅すれば明かりを消しますから、もっと暗かったでしょう。現場周辺の住人をどれだけ当たったところで、目撃者がいるはずもないんです。いたとしても、その証言は信用できませんな」

それはわかっています、と坪川はクリアファイルを叩いた。

「ですが、このままだと捜査も何もありません」

「焦らなくても、事件は逃げませんよ」

時間はあるんです、と星野が歩を進めた。大きく息を吐き、坪川はその後に続いた。

10

四月二十五日木曜日、六限目が終わり、終礼のベルが鳴った。洋美は職員室を出て、美術室に向かった。

ゴールデンウィーク前、最後の部活日だ。ドアを開けると、五人の部員がのんびり話しながら画材のセッティングを始めていた。

詩音もお喋《しゃべ》りの輪に加わっていた。一対一だと話すが、人数が多くなると自然と聞き手に回るタイプなので、意外な気がした。

「三年生はまだ？」

美術部員は十人だが、美術室にいたのは一年生と二年生だけだ。体育の授業ですよ、と二年生の一人が言った。

そうだった、と洋美はうなずいた。新学期に入り、授業の時間割が変わっているのを忘れていた。体育の後は着替えがあるので、どうしても時間がかかる。

「待たなくていいから、始めなさい。前回の続きよ。今日中に描き上げて、提出すること」

月の初め、洋美が出した課題を部員が模写する。一学期は鉛筆によるデッサンで、基礎練習と言っていい。

四月の課題は洋美の私物の和食器だった。不慣れな一年生はどうしても時間がかかるから、途中で枯れてしまう花は使えない。

美濃焼の器と皿はどちらも形が不均等で、共に白地に青と緑の図柄がある。鉛筆で色を描き分けるのは難しいが、それでセンスがわかる。

中央の台に置かれた器と皿を五人が囲み、デッサンを始めた。描く位置は最初に決めていた。毎年そうだが、一年生は筆が遅い。それに比べると、二年生の三人は早かった。

詩音が戻ってきたのは先週の木曜で、今日が三回目だ。後ろに立ってキャンバスを覗き込むと、描きかけの皿がそこにあった。

基礎のデッサンなので、詩音は慣れている。描き終えていてもおかしくなかったが、鉛筆は宙に浮いたままだ。

約二カ月、絵から離れていた。ブランクというほど長くはないが、勘が鈍ったのか、それとも父親の死から立ち直れずにいるのか。

違う、と洋美はつぶやいた。詩音は新しい自分に生まれ変わろうとしている。

父親の死がきっかけになったのか。もしそうなら、と洋美は思った。父親の命を背負って生きる、と詩音は考えたのだろう。

（次のステージに入った）

洋美は手を強く握りしめた。その瞬間に立ち会えた感動で、体の震えが止まらなかった。

「思った通り描きなさい」

一歩下がり、洋美はそう言った。頼りない返事がいくつか聞こえた。

11

四月二十六日金曜日、坪川は星野と共に東千石署の捜査本部へ行った。

数人の四係の捜査員が資料の詰まった段ボール箱を壁に沿って積み上げていたが、そのまま本庁に戻ると聞いていた。

捜査本部の縮小が決まったのは、ゴールデンウィークが始まるまでに区切りをつけたいということもあったのだろう。

事件発生からひと月以上経っても捜査に進展がないと、多くの場合、捜査本部は縮小を余儀なくされる。

形としては残すが、引き継ぐのは所轄警察署で、情報受付窓口としての役割を果たすだけだ。

本庁の捜査員が二人残るのは珍しいが、そこは本庁の判断次第で、東千石署の署長も了解していた。

捜査本部と言っても、地域係の一角をパーテーションで仕切り、デスクを二つ並べただけだ。フロアには東千石署の刑事がいる。

何かあれば声をかけてください、と地域係長が言ったが、歓迎されていないのは顔を見ればわかった。

土曜、日曜と休みを取り、二十九日月曜日の朝七時、坪川は捜査本部のパーテーションの中に入り、デスクに座った。

警察は二十四時間三百六十五日、刑事や警察官が常駐している。ゴールデンウィークはもちろん、正月もクリスマスもないが、この日地域係にいたのは当直の警察官だけだった。

働き方改革ですな、と五分ほど遅れて入ってきた星野が言った。

「あなたには申し訳ないと思っています。何でしたら、連休明けからでも……」

捜査本部詰めですから当然でしょう、と坪川は苦笑した。

「ぼくは独身だし、相手は強盗殺人犯です。休みがほしいなんて言いませんよ」

私はほしいですな、と段ボール箱に屈み込んだ星野に、奥さんは文句を言わないんですかと声をかけたが、返事はなかった。プライベートについては話さない、と決めているようだ。

あなたに頼みがあります、と星野が段ボール箱から捜査報告書の束を取り出した。

「事件が起きた日、現場付近を走っていた車両のドライブレコーダーの確認です」

「終わったと聞いてますが？」

時間が違います、と星野が首を振った。

「捜査本部が対象にしていたのは、犯人が逃亡したと思われる午後十一時三分から同十三分までの十分間だけでした。その枠を広げましょう。二月十六日の日没は夕方五時二十三分でしたから、六時以降深夜零時までとします。よろしいですね？」

冗談でしょう、と坪川は両手を挙げた。

「一万台……最低でも五千台は走ってたんじゃないですか？　一人で調べるなんて無理ですよ」

「ですから、商用車に絞ります。具体的にはタクシー会社や運送会社ですな。ドライバーのほとんどがドラレコの映像を消去しているでしょうが、全員ということもないと思いますよ。あなたの仕事はそれぞれの会社の担当者との交渉です。社員ドライバーなら、会社の指示に従わざるを得ませんから、あなたの負担はそれほど重くありません」

犯行が起きたのは午後十一時ちょうどです、と坪川は言った。

「どうして遡って調べるんですか？」

犯人はあの十字路近くで通行人を待ち、と星野が首を傾げた。

「最終的に織川さんを襲った。それが捜査本部の想定でした。しかし、いつからあそこで待っていたのか、そこに触れている捜査員が一人もいなかったのは謎ですな。強盗が地面から生えてきたと思ってるんでしょうか？」

星野さんの嫌みは回りくどいですね、と坪川は頭を掻いた。

「犯人は十字路を通る四本の脇道のいずれかから入り、ターゲットを待っていた。でも、どこから入ったのかはわからない……そうですよね？　しかし、辺りの住人だけでも百人以上いますし、あそこは抜け道ですから、通り過ぎただけの人の数は見当もつきませんよ。わかったとしても、こいつが犯人だ、とはなりません」

住人の中に犯人はいませんな、と星野が指でデスクを軽く叩いた。

「その確認は終わっています。そもそもですが、自宅近くで強盗をする者なんてめったにいませんよ。今までは逃げた痕跡を追っていましたが、私が知りたいのは、いつ、どこから入ってきたかです」

「なるほど」

「四本の脇道は縦がJR大塚駅と都営地下鉄千石駅、横は池袋と田端《たばた》方面を繋いでいますから、通行人は多かったでしょう。しかし、抜け道は通り過ぎるための道です。住人は別として、入った者は十分か二十分後に出てこなければおかしいでしょう。それが犯人だとは言いませんが、事情を聞くべき参考人ではあります。六時以降としたのは、強盗なら暗くなるまで待ちますよ。そうでしょう？」

「確かに、そこは捜査本部も触れていませんでしたが……見つかるとは思えません」

やってみなければ何とも言えません、と星野が笑みを浮かべた。

「見つからなければ、私の考えが間違っていることになります。それはそれで前進ですな」

「星野さんは何を？」

これです、と星野がデスクの資料を手に取った。

「精読して、時系列を整理します。それで見えてくる何かがあるでしょう」

では、と星野が靴を脱ぎ、椅子の上で胡座《あぐら》を掻いた。坪川は向かいの席でタクシー会社の電話番号を調べ始めた。

12

（やることがない）

恭介はベッドで寝返りを打った。連休に入ると企業面接はない。

スマホやSNSで時間を潰したが、退屈だった。暇つぶしにクローゼットを開け、服の整理を始めると、コーデュロイのパンツのポケットから、ポロック展のチケットが出てきた。

（流夏と行くはずだったのに）

捨てようと思ったが、できないままポケットに突っ込んでいたのを思い出した。

「二度と話しかけるな」

学食で流夏に言われた言葉が頭の中で何度も響いた。自分のせいだ、とわかっていた。

友達、と軽々しく言ったのが間違いだった。言わなければよかったと思ったが、後の祭りだ。

流夏は押し付けを嫌う。わかっていたのに、焦ってしまった。

（やり直せないか）

コーデュロイのパンツをクローゼットに突っ込み、恭介はスマホのFacebookのアプリを開いた。流夏の中学の同級生が、何かヒントをくれるかもしれない。

〈連休だね。何してる？〉

メッセンジャーで送信したが、返事はなかった。それでも、恭介は待ち続けた。

13

連休は明けましたが、と星野がハンカチを首筋に当てた。

「この国の天気はどうなってるんですか？　今日の最高気温は二十七度だそうです。大きな声では言えませんが、ここの署長はなかなかの倹約家ですな。今月末までエアコンの使用を禁ずる、とあちこちに貼り紙がありました」

聞こえますよ、と坪川はパーテーションに目をやった。私は暑いのが苦手で、とこぼした星野が住宅地図を開き、デスクに置いた。

「紙の方が書き込みができて便利ですからね……いろいろ調べて廻りましたが、ようやく流れが摑めました」

あれだけ歩けば嫌でもわかりますよ、と坪川は呻《うめ》いた。

「若葉通り、涼風ストリート、七味通り、地蔵通りを何往復したか……訪ねた家はトータル百軒以上、二度、三度と話を聞いた住人もいます。ぼくはともかく、星野さんが体を壊すんじゃないかと……」

四日前、タクシー会社や運送会社からの回答が出揃った。連休中でも営業している業種のためか、予想より早かった。

回収した五十九枚のメモリーカードをＳＳＢＣに送り、新千石五丁目の人流を調べた。坪川も確認したが、住人を除くと、入ったきり出てこない者はいなかった。

一昨日から、現場付近の住人の聞き込みを始めた。朝八時から夜七時まで足を棒にして歩き回ったのは、四月の終わりに淀屋統括主任の容体が急変し、呼びかけに反応しなくなったと古田係長から連絡があったためだ。

淀屋さんには申し訳ないことをしました、と星野がうつむいた。

「あの人は悔しかったでしょうな……いい話ができればと思っていたのですが、難しいようです」

星野さんの責任じゃありませんよ、と言った坪川に、調べれば調べるほど妙な点が目立ちます、と星野が腕を組んだ。

「なぜ犯人はあの雨の中、強盗を決行したんでしょう？　私なら日を改めますな」

金が必要だったんです、と坪川は言った。

「借金の返済期限が迫っていたとか……切羽詰まった人間に常識は通用しません。あの日のうちに、いくらかでも用立てないと――」

織川さんの写真を見ました、と星野が自分のジャケットの襟に触れた。

「だいぶくたびれた感じの背広を着ていました。風采の上がらない中年男が何十万も持っているはずがありません。数万円を借金の返済に充てて納得する金融業者なんて、いないと思いますな」

どうしようもないほど追い詰められていたら、と坪川は机を指で叩いた。

「何をしているか、自分でもわからなくなっていたでしょう。そういう犯罪者は少なくありません」

他にもあります、と星野がボールペンの先で地図の一点を押さえた。

「四本の脇道のいずれも、不審者は見つかっておりません。防犯カメラやドラレコがすべてを撮影してはいませんし、死角をついて十字路に入った可能性もあります。しかしあの日、雨脚が激しくなったのは夜七時過ぎで、捜査報告書によれば、住人の多くは八時前後に帰宅していました」

「そうです」

犯人はいつからここにいたんでしょう、と星野が十字路に印をつけた。

「八時までは人通りがあったんです。どこに隠れていたとしても、誰もその姿を見ていないのは変ですな。しかも、襲われた者はいません。それも妙でしょう」

「人通りが途絶えるまで、都電公園に隠れていたんですよ」

強盗も大変ですな、と星野がつぶやいた。

「あの雨の中、いつ来るかわからない通行人を待つのは辛かったでしょう」

皮肉は止めてください、と坪川は苦笑した。周辺の家の軒先で雨を避けていたとも思えません、と星野が首を振った。

「四、五時間もそんなことをしていたら、それこそ住人が気づきますな」

「じゃあ、どこに隠れていたって言うんです？」

隠れていなかったんです、と星野がボールペンを机に置いた。

「犯人は十時五十分前後に四本の脇道のいずれか、おそらくは地蔵通りまたは涼風ストリートから十字路に向かい、傘を差して歩いていた織川さんに気づき、襲ったんでしょう」

何を言ってるんですか、と坪川は首を捻った。

「十時五十分？　地蔵通りか涼風ストリート？　根拠はあるんですか？」

若葉通りですが、と星野が地図を指さした。

「国道に出たところに信号機があり、防犯カメラも設置されています。犯人がそこを通れば、必ず写ります。七味通りからだと、織川さんを追いかける形になります。犯人は前から刺してますから、考えにくいでしょうな。地蔵通りもしくは涼風ストリートから十字路方向に向かった、と判断する根拠はそれです」

更に言えば、と星野が地図に当てた指を動かした。

「犯人は千駄木《せんだぎ》方向から都道小石川線を渡り、涼風ストリートに入った可能性が高いと思います。都道A33号線は上下三車線で交通量が多いので、無理に渡ろうとすれば車に轢《ひ》かれる恐れがありますからね。十時五十分は推定で、誤差はあるでしょう。とはいえ、十一時ちょうどにあの十字路で織川さんと遭遇していますから、大きく外れてはいないはずです」

「遭遇？　星野さん、話になりません。犯人は通行人を待ち伏せしていたんですよ？　強盗ではなく、衝動殺人だった、殺す相手は誰でもよかった、そう言いたいんですか？　財布を奪ってるんですよ？　強盗じゃなきゃ何だって言うんです？」

衝動殺人とは言っておりません、と星野が首を振った。

「織川さんを殺した犯人が財布を奪って逃げたのは確かです。ただ、地蔵通りから都道A33号線に出たという捜査本部の判断には無理があります」

織川さんの娘さんが犯行を目撃しているんです、と坪川は思わずデスクを叩いた。

「彼女は当時高校一年生で、子供じゃありません。信用できる証言です。混乱やパニックで勘違いしたと？」

思い違いは誰にでもありますな、と星野が微笑んだ。

「目の前で人が殺されたら、私だって冷静ではいられません。織川さんの娘さん……詩音さんの証言が百パーセント正しいとは言い切れないでしょう。少なくとも、勘違いや記憶違いがあった可能性は否定できませんな」

「当初は地蔵通りを中心に捜索したが、その後他の三本の脇道も調べた、と捜査報告書に記載がありましたよ」

押さえに過ぎません、と星野が肩をすくめた。

「刑事も人間です。人員も限られていました。上が地蔵通りを集中的に調べろと指示すれば、他の捜査はどうしてもなおざりになります」

星野さんの説に従えば、と坪川は額に手を当てた。

「織川さんを殺害してから、犯人はどっちに逃げたんです？　若葉通りを出れば防犯カメラに写りますし、地蔵通りから都道A33号線を渡るのは無理なんですよね？　七味通りには詩音さんがいました。そこを通ったなんてあり得ませんよ。残るのは涼風ストリートだけです。でも、都道小石川線の防犯カメラに不審な男は写っていませんでした」

それを調べるのが私たちの仕事です、と星野が腰を浮かせた。

「ここで話しているより、ＳＳＢＣに行って涼風ストリートが写っている防犯カメラやドラレコを確認した方がいいでしょう。十時五十分からの十分間を調べるだけですから、それほど時間はかかりません。ただ、涼風ストリートの出入り口は防犯カメラから距離がありますから、そちらは難しいでしょう。頼りになるのはドラレコです。運が良ければ、犯人が写ってますよ」

十分間ですよね、と坪川は立ち上がった。

「万馬券どころじゃない幸運が必要だと思います。走行中の車は一瞬で通り過ぎます。写っていなかったら、一般車両のドライバーを当たるんですか？　二カ月以上前の映像はとっくに消してると――」

考えても仕方ありません、とパーテーションを出た星野が歩きだした。訳がわからない、と坪川は肩をすくめた。

それから半日、SSBCで防犯カメラとドラレコの映像を調べたが、犯人らしき姿はなかった。当然の話で、そんなに都合よくはいかないだろう。

星野に諦める様子はなく、新千石五丁目の住人への聞き込みを再開した。明けない夜はありません、と星野が言ったが、気休めにしかならなかった。

14

五月二十日月曜日、午後一時。新千石五丁目の十字路で星野が頭を垂れた。坪川もそれにならった。

先週土曜日の朝、淀屋が息を引き取った。静かな最期だったという。

昨日の通夜に坪川は参列したが、星野は姿を現さなかった。合わせる顔がない、と思ったのだろう。事件現場で頭を垂れたのは、淀屋の冥福《めいふく》を祈るためだった。

淀屋さんはわかってくれますよ、と坪川は声をかけた。

「犯人に迫っているのは間違いありません。連休明けから、百人以上と会っているんです」

星野の指示で、タクシー会社、運送会社に連絡を取り、犯行当日の午後六時以降走行していた車両のドラレコ映像を取り寄せた。ＳＳＢＣが画像を解析し、写っていた約四千人の通行人から女性、高齢者、子供を削除した。

身長と年齢を重ねてフィルタリングすると、三百五十三人になった。更にＳＳＢＣが作成していた近隣住人のデータを使い、二百七十七人を除外した。

残ったのは七十六人で、その中に犯人がいる可能性は高いが、身元の特定は進んでいなかった。顔や服装、カバンなど持ち物も写っていたし、社員バッジなどから勤務先が判明した者もいたが、その数は六人と少なかった。

十日前から、現場周辺の家を訪れ、七十人の写真を見せて事情を聞いたが、わかったことはほとんどない。

警視庁の各警察署、交番に写真のデータを渡し、捜索を要請したが、パトロールの警察官も全員の顔は覚えられないだろう。今日まで連絡はなかった。

聞き込みが遅々として進まないのは、出勤、通学など外出する者が多いためもあった。共働きの夫婦が増えているので、夜まで誰もいない家も珍しくなかった。

顔を上げた星野が若葉通りを進み、三軒目の家の前に立った。

倉本、と表札が出ている。事件の際、警察に通報した男の家だ。

いてくれると助かるんですが、と星野がインターフォンを押した。今まで三回来ていたが、いずれも留守だった。

「はい」

しゃがれた声がして、すぐドアが開いた。揉み上げの辺りが真っ白になっている小柄な男が顔を覗かせた。

星野が警察手帳を提示すると、何ですか、と倉本がポロシャツの前ボタンに触れた。

「先週も来たでしょ？　インターフォンのカメラに写ってましたよ。織川さんのことですか？　何も知りませんよ」

しつこくてすみませんと星野が頭を下げると、代休だっていうのに、と倉本が頭を掻いた。

「まだ犯人は捕まっていないんですか？　あの時のことは全部話しましたけど……」

捜査態勢を立て直しております、と星野が言った。

「犯人逮捕のためです。手短に済ませますので、ご協力ください」

しょうがないな、と倉本がサンダルを突っかけて外に出た。

「何が聞きたいんです？　もう細かいことは忘れましたよ」

不審者リストがあります、と坪川はファイルを開き、七十人の顔写真を見せた。しばらく眺めていた倉本が、覚えてませんね、とファイルを返した。

「あの時も言いましたけど、誰も見ていないんです。写真なんか見せられたって、何もわかりませんよ」

確認させてください、と星野が笑みを浮かべた。

「あの夜、あなたは奥様とテレビを見ていた。十一時のニュースが始まった直後、悲鳴を聞いた。よろしいですか？」

そうですよ、と倉本がうなずいた。

「男の叫び声でした。酔っ払いかと思ったんですが、まともじゃない感じがして、怖かったのを覚えてます」

「奥様もその悲鳴を聞いていたんですか？」

二人ともリビングにいましたからね、と倉本が半開きのままのドアを指さした。

「女房も震えてましたよ……妙子《たえこ》、ちょっと来てくれ」

嫌よ、と女の低い声がしたが、お願いしますと星野が声をかけると、長い髪をまとめて団子にした大柄な女性がしかめ面のまま出てきた。

少しだけよろしいでしょうか、と星野がまた頭を下げた。

「あなたが聞いた男の悲鳴ですが、どんな感じでしたか？」

ニュースが始まった途端、ギャー、みたいな声が聞こえたんです、と妙子が言った。倉本と合わせたように、髪の生え際が白かった。

「酔っ払いが喧嘩でもしてるんだろうって、この人は言ったんですけど、そうじゃないのはわかりましたよ。それなのにぐずぐずしてるから……」

喧嘩だと思うさ、と倉本が鼻の頭を掻いた。

「ガシャンって何かが倒れた音がして、すぐに悲鳴が聞こえたんだから、そりゃ喧嘩でしょうよ……酷い話でね、外を見てこい、何かあったらどうするのって、女房に無理やり押し出されたんです。雨の中、男が倒れていたら、そりゃ怖いですよ。詩音ちゃんは顔が真っ青で、その時はわからなかったけど、織川さんの顔は血まみれだし、気持ち悪いなって——」

待ってください、と坪川は片手を上げた。

「織川詩音さんを家に入れてから、もう一度見に行って、その時血まみれだとわかった、あなたはそう話していたはずです」

どうだったかなあ、と倉本が妙子に目を向けた。

「思い返してみると、最初から血が出てた気がするんですよ。あの時は私も気が動転してましたからね……どっちだって同じでしょ？　詩音ちゃんに聞くまで、あれが織川さんだなんて思ってなかったんだし」

あなたがすぐ外に出てたら、と妙子がふくれっ面になった。

「織川さんは助かったかもしれないのよ？　犯人を見ていたっておかしくないのに……刑事さん、犯人を逮捕してください。このままじゃ、織川さんの奥さんも詩音ちゃんもかわいそうですよ」

犯人の顔を見ていたら、と倉本が怯えた声を上げた。

「俺まで殺されてたよ。ああいう時は何も見ない方がいいんだ」

その通りです、と星野がうなずいた。

「相手は人殺しですから、何をするかわかりません。一一〇番通報すれば、後は警察の仕事です……奇妙なもので、人間の脳は後になっていろいろ思い出すものです。時には記憶を上書きしたり、そんなこともあります。警察が何度も話を聞きに来るのは、経験則としてそれを知っているからです。もうひとつだけ、靴音は聞いてませんか？」

「靴音？」

倉本が妙子と顔を見合わせた。犯人の靴音です、と星野が十字路を指さした。

「犯人は地蔵通りを走って逃げた、と詩音さんが話しています。強い雨が降っていましたが、静かな住宅街ですから、重なって靴音が聞こえてもおかしくありません。犯人は大柄な男で、走れば靴音がしたでしょう。雨音とは違う音です」

「覚えてないなあ……何か聞こえたか？」

倉本の問いに、妙子が首を振った。ありがとうございました、と星野が一歩下がった。

「もし何か思い出したら、ご連絡いただけますか？　では、失礼します」

行きましょう、と星野が歩きだした。靴音ですか、と坪川は横に並んだ。

「気づきませんでした。報告書にも記載はなかったと思います。確かに、倉本さんと奥さんが聞いていた可能性はありますね」

ないと思いますな、と星野が首を振った。

「まぐれ当たりを狙っただけです。そううまくはいきません。しかし、会って話すのは大事ですな。どうやら私たちは遠回りをしていたようです」

「遠回り？」

いずれわかります、と星野が隣の家へ向かった。インターフォンを鳴らしたが、返事はなかった。

15

捜査に進展があったのは五月の最終週だった。

複数の区の交番勤務の警察官が写真によって八人の身元を確認し、東千石署の刑事たちの協力でJR巣鴨《すがも》駅、東京メトロ本駒込《ほんこまごめ》駅、都営地下鉄白山駅の防犯カメラをチェックしたところ、更に十一人を特定できた。

五月二十七日から、坪川は星野と共にそれぞれの家や会社を訪れ、事件当夜の話を聞いた。この時点で、身元が不明なのは五十一人になっていた。

遅々としていますが、と新宿駅から丸ノ内線に乗り込んだ星野が言った。

「前進しております。さっき会った男性はあっさりしてましたな。何も覚えてません、と胸を張ってましたよ」

一時間ほど前、神保町のスポーツ用品店に勤める四十二歳の男に会い、話を聞いた。新千石五丁目の親戚の家から都道小石川線を通って本駒込駅へ向かったことしか、男は覚えていなかった。

仕方ないでしょう、と坪川は吊り革を摑んだ。

「事件発生から三カ月以上経っています。細かいことは誰だって忘れますよ。詳しく覚えていたら、その方が変です。昨日会った新聞記者は事件のことを覚えてましたが、仕事柄だと本人も言ってたじゃないですか」

不審者も見ていませんでしたな、と星野が脚を踏ん張って揺れに堪《た》えた。

「雨が降る中、パトカーのサイレンが聞こえて、何があったのかと思った、それだけでした。人のことは言えません。私だってあの日の夕食が何だったか、すっかり忘れてますからね」

次は四谷三丁目、とアナウンスが流れた。椎野流夏、と坪川はリストに目をやった。

「りゅうか、ですか？　変わった名前ですね」

〝るか〟と読むそうです、と星野が言った。電話でアポを取ったのは一昨日の夜だ。

彼は大学生です、と坪川は囁いた。

「成人ですが、慎重に話を聞かないと問題になりますよ」

大丈夫でしょう、と星野がドア横のバーで体を支えた。

「電話に出たのは父親で、同席したいと申し入れがあり、私も了解しました。私たちの仕事は確認で、相手が学生でもやることは同じですよ。流夏くんが現場付近にいたのは確かで、何か見ているかもしれません。事情を聞くのが私たちの仕事です」

電車が四谷三丁目駅で停まった。坪川は先に立ち、階段で地上に出た。

住所をスマホに入力し、ナビに従って十分ほど歩くと左門町の一角に着いた。午後六時、日暮れが近いが辺りは明るかった。

信号を渡り、細い道に入ると、左右に住宅が並んでいた。古い町なので、家の間隔が狭い。

〈目的地付近に到着〉

ナビの音声に足を止めると、椎野という表札が目の前にあった。ガレージに中古のＢＭＷが停まっていた。

星野がインターフォンを押すと、はい、と低い女性の声が聞こえた。

「警視庁の星野と申します」

すぐ玄関のドアが開いた。立っていたのは、日に焼けた背の高い四十代後半の男だった。チノパンにTシャツ、上からジャケットを羽織っている。Tシャツに小さくサッカー選手のメッシのイラストとサインが入っていた。

どうぞ、と男が二足のスリッパを指さした。

「時間通りで助かります。七時前には出なければならないので」

バーを経営されているそうですな、と警察手帳を提示した星野がスリッパに足を突っ込んだ。

五百メートルほど奥です、と男が家の裏を指さした。流夏の父親で、椎野正也《まさや》という名前は電話でアポを取った際に確認済みで、バーの経営者だということも聞いていた。

職住隣接とは羨ましい限りです、と星野が言った。

「我々は桜田門《さくらだもん》の警視庁に勤務しておりますが、あの辺りはビルばかりで、人が住むような場所ではないんです。タワーマンションの類はありますが、とても手が出せませんな」

坪川は肘で横腹を突いた。喋り過ぎだと気づいたのか、星野が口を閉じた。

警察官は地方公務員でしょう、と正也が皮肉な笑みを浮かべた。

「年金も高いんですよね？　それこそ羨ましいです。バーの経営なんて浮き草稼業で、安定とはほど遠い毎日ですよ」

短い廊下の左右の壁が、家族写真で埋められていた。その中央に、額装された横長の風景画があった。

正也が薄い茶色のガラス扉を押し開けた。

「リビングへどうぞ。家内も息子もいます」

失礼しますと星野が頭を下げ、坪川も後に続いた。

リビングのテーブルに座っていた色黒の若い男がジーンズの尻ポケットにスマホを突っ込み、どうも、と低い声で言った。

「息子の流夏です」

正也が言った。

キッチンから出てきた四十代後半の女性が、妻の尚子《なおこ》ですと困ったような笑みを浮かべ、おかけください、と椅子を勧めた。

壁に野球やサッカー選手のユニフォームが四着飾ってあったが、メジャーリーグやスペインのサッカーリーグの有名チームのレプリカだ。Tシャツにメッシのサインも入っていたが、正也の趣味なのだろう。

電話でお伝えしましたが、と星野が口を開いた。

「今年の二月、四十代の男性が文京区の自宅近くで強盗に殺されました。私とこの坪川が担当を命じられ、こうしてお伺いしております。いわゆる継続捜査ですな」

ドラマみたいだな、と椅子に腰を下ろした正也が流夏の肩を叩いた。

最近の大学生はどうしてこんなに顔が小さいのか、と坪川は小さく首を捻った。座っているから正確ではないが、身長は一八〇センチほどだろう。

目が大きく、形のいい鼻と、尖った顎が特徴的だ。若者向けファッション誌のモデルでもおかしくないほと、整った顔立ちをしていた。

正也の妻が日本茶をいれ、二人の前に置いた。息子さんは明政大学の四年生と伺いました、と星野が正也に目を向けた。

「大学生に事情を聞くべきか、迷っていましたが、何しろ殺人事件です。被害者のことを考えますと、確認だけはしておきたいと……」

構いません、と正也が言った。

「市民の義務ですからね。その前に、ひとつだけいいですか？　事件が起きた時、息子が現場近くにいたことをどうやって知ったんです？　防犯カメラに写っていたと電話でおっしゃってましたが、それだけでわかるんですか？」

事件が起きた夜、息子さんは国道千石線を自転車で走っていました、と星野が答えた。

「午後十一時過ぎです。大きな道路の信号機には防犯カメラが設置され、二十四時間撮影しています。そこに自転車が写っていまして、画像を拡大、防犯登録番号を確認したんです」

「防犯登録番号？」

自転車購入の際、店での登録が義務付けられています、と坪川は補足した。

「五百円ほどでプレートもしくはシールを貼ってくれます。盗難にあった場合、それで所有者がわかります。店にもよりますが、定価に含まれている場合が多いようですね」

「それだけで名前がわかるんですか」

ますますドラマみたいだな、と正也が膝を手で叩いた。尚子は曖昧な笑みを浮かべている。早く帰ってくれないか、と顔に書いてあった。

確認ですが、と星野が視線を右に向けた。

「あなたは二月十六日午後十一時頃、千石線を自転車で走っていた。間違いありませんか？」

はい、と流夏が小声で答えた。どこを走っていましたか、と坪川は地図を差し出した。

この辺りです、と流夏が地図に指で線を引いた。

「西日暮里《にしにっぽり》から国道に出て、白山天神の交差点から千石線に入りました」

確認のための質問で、流夏が防犯カメラに写っていたのは千石線に入ってからだ。それは坪川もわかっていた。

「その前の郵便局を直進すると、都道小石川線に出て、涼風ストリートから新千石五丁目に入れる。近道だけど――」

その道は知りません、と流夏が言った。大学生が何時に外出しても、と星野が流夏から正也に視線を戻した。

「問題はありません。ただ、あの夜は強い雨が降っておりました。息子さんが外出していたのはご存じでしたか？」

あの日のことは覚えてます、と正也がうなずいた。

「西日暮里に、うちの店の常連客がいます。豊田《とよた》といって、十七年ほど前にオープンした頃からの付き合いです。年が同じこともあって、オーナーと客というより友達みたいな関係なんですが、ツケが溜まっていて、さすがにまずいだろうと……何度か催促すると、あの日の昼頃、支払うと電話があったんです」

「なるほど」

常連客との距離感は難しくて、と正也が頭を掻いた。

「後で失敗したと思ったんですが、さっさと払え、と上から言ってしまって……豊田も意地になったんでしょう。ツケは払うが取りに来い、その一点張りです。私は店があるので、流夏を行かせました」

「何時頃でしょう？」

星野の問いに、夕方六時ぐらいだったと思います、と正也が答えた。

「自転車で行ったのも、うっすらと記憶があります。ここから西日暮里までは三、四十分で、意外と近いんですよ……出た時は雨が降ってたか？」

少し、と流夏が言った。低いが、よく通る声だった。

はっきり覚えてませんが、と正也が話を続けた。

「夜八時過ぎから降り出すとか、そんな予報が出てたんじゃなかったかな？　すぐ帰ってくれば大丈夫だろう、と思ったんです」

「わかります」

ですが、七時過ぎには雨が強くなっていました、と正也が渋面になった。

「後で流夏に聞きましたが、西日暮里に着いた頃は土砂降りだったそうです。豊田に電話をして、小降りになるまで息子を頼むと言った記憶があります。でも、ずっと止まなかったでしょう？　私が車で迎えに行けば良かったんですが、酒が入ってましてね。運転するわけにもいかなくて……」

「息子さんは自転車で帰ってきたんですね？」

「送ってくれと豊田に電話で頼んだのは、十時ぐらいだったかな？　彼は荒川区役所の職員で、朝が早いからタクシーで帰す、と言ってました。店は十二時閉店で、私が帰宅したのは午前一時ぐらいだと思います。その前に流夏は帰ってたんですが、玄関がびしょ濡れになっていて……おい、自分で話せよ」

豊田さんにタクシー代を一万円もらいました、と流夏が言った。

「でも、自転車で帰れば小遣いになると思って……」

横領ですよ、と正也が大声で笑った。

「まあ、一万円は大きいですからね。そんなわけで、夜の十一時過ぎに自転車で走っていたんです」

気をつけた方がよろしいですな、と星野がお茶を飲んだ。

「雨の夜、事故が多いのは言うまでもありません。特に自転車は危険です。道は知ってたんですか？」

大体は、と流夏が答えた。

「雨が酷かったので、ゆっくり走っていました」

「濡れたでしょう？」

「レインコートを着ていたので、そんなでもなかったです」

タクシーだって三、四千円だろう、と正也が言った。

「それなりに小遣いは渡してるつもりなんですがね」

被害者が殺されたのは新千石五丁目でした、と星野が手帳サイズの住宅地図を開いた。

「犯人が千石線へ逃げた可能性もあります。殺害時刻から逆算すると、あなたが犯人とすれ違っていてもおかしくありません。確認したかったのはそこで、身長百七十センチから百八十センチ、体格のいい男を見ていませんか？」

自転車を漕ぐのに精一杯で、と流夏が言った。

「前しか見てなくて……変な男がいても気づかなかったと思います」

そうですか、と星野が立ち上がった。

「お忙しいところ、ありがとうございました。息子さんが不審者を目撃していた可能性があるので、その確認のために伺いました。これで失礼します」

いいんですかと囁いた坪川に、行きましょう、と星野が言った。

ずいぶん慌ただしいですね、と正也がリビングのガラス扉を開けた。我々もそれなりに忙しく働いております、と星野が短い廊下に出た。

「限られた時間を有効に使う、それが私のモットーでして……おや、これは息子さんの絵ですか？」

坪川は壁に目を向けた。先ほども目にした額装された風景画だ。草原が描かれている。絵に関しては素人だが、デッサン力の高さはわかった。

子供の頃からよく絵を描いてました、と正也が後ろにいた流夏を指さした。

「私は学生の頃野球をやっていて、息子とキャッチボールをするのが夢だったんですが、母親に似たんでしょう。絵を描いたり、本を読んだり、文科系の少年に育ちました。画材道具を山ほど買わされましたよ。大学に入ったら、ぴたりと止めましたけどね」

上手ですな、と星野が目を丸くした。

「私は何を描いても古代エジプトの壁画にしかなりません。人間がみんな右向きになるのは、どうしてでしょうな？」

これは高三の終わりに描いたんです、と正也が言った。

「美術の先生が熱心で、卒業した時にわざわざ送ってくれましてね。流夏くんには才能があるから、描き続けた方がいい、そんな手紙もついていました。親としても悪い気はしません。それで飾っているんです」

「高校はどちらですか？」

「私立の神代高校です。中学は公立校でしたが、神代高校は進学校で受験に有利ですからね」

神代高校、と坪川はつぶやいた。やっぱり、と正也が顔を向けた。

「調べているのは、神代小学校の先生が強盗に殺された事件でしたよね。だから、うちに来たんですか？」

違います、と坪川は首を振った。

「流夏くんが神代高校の生徒だったのは、知りませんでした。ぼくも驚いています。高校から入ったんだね？　織川先生のことは知っていた？」

いえ、と流夏が返事をした。

「体育とか美術は中学と高校の両方で教えてる先生がいますけど、小学校は関係ないんで」

高校を卒業して三年以上経っています、と正也が顎の下を掻いた。

「小学校から通っていたら、ショックというか、驚いたと思いますが、高校だけですからね。話せることがあれば良かったんですが、顔も名前も知らないんだろ？」

高校では美術部だったんですか、と尋ねた星野に、いいえ、と流夏が小声で答えた。

「部活とか嫌いなんで……授業で描いただけです」

何か思い出したら連絡をお願いします、と星野が名刺を流夏と正也に渡した。

「こちらから確認させていただくこともあるかと思いますが、構いませんか？」

協力しますよ、と正也が玄関のドアを開いた。

「殺されたのが神代小学校の先生なら、縁がないわけじゃありませんからね。では、ここで失礼します」

ドアが閉まった。上手な絵でしたな、と星野が言った。

「ついでです。お父さんの店を見ていきませんか？」

あれで良かったんですか、と坪川は革靴に足を押し込んだ。

「流夏くんが犯人を見た可能性はあるんです。もっと突っ込んで聞いても……」

夜の十一時に雨の中を自転車で走っていた大学生の記憶は当てになりません、と星野が歩きだした。それなら来なくてもよかったじゃないですか、と坪川は口を尖らせた。

「限られた時間を有効に使うのがモットーなんでしょう？」

有効に使っているつもりです、と星野が言った。

「会わなければわからないこともありますよ。流夏くんは無愛想でしたが、女の子に人気があるでしょうな」

「それが知りたかったんですか？」

返事はなかった。数分歩くと、コインパーキングの手前にログハウスを模したデザインの店があった。

アメリカ映画に出てくる山中のバーをモチーフにしているようだ。周りは普通の住宅なので、そこだけが異空間に見えた。

「〝BASKET〟と看板が出てます。バスケットボールですか？」

「そうでしょうね。本人もスポーツ好きだと言ってたじゃないですか」

店構えがアメリカナイズされているのは、正也の趣味だろう。ファッションにもその雰囲気があったし、リビングの壁に飾られたユニフォームは海外の選手の物ばかりだった。

正面の扉に歩み寄った星野が看板に顔を近づけた。

「木曜から土曜の午後七時から深夜十二時まで営業……週三日営業ですか。時代を先取りしていますな。週休四日制は私の憧れのライフスタイルです」

椎野さんはCIU銀行に勤めていたそうです、と坪川は手帳をめくった。

「十七年前に脱サラしてバーを始めた、とさっき言ってたじゃないですか。銀行マン時代は忙しくて、スポーツどころじゃなかったんでしょう。その反動ですよ。家族と過ごす時間を大事にする生活にシフトしたんです」

趣味の強い店ですな、と星野が一歩下がった。

「オシャレかもしれませんが、私は苦手です。気の利いたジョークを言わないと笑われそうで……それにしても、こんな住宅街のバーに客が来るんですかね？」

ますます笑われますよ、と坪川は肩をすくめた。

「今は隠れ家風のバーが流行ってるんです。看板を出していない店もあるぐらいで、ぼくも一度赤坂の入り口がないバーに行ったことがあります」

「どうやって入るんです？」

いいかげんにしてください、と坪川は舌打ちした。

「どうしてもっと詳しい事情を流夏くんに聞かなかったんです？　大雨が降る中、自転車を走らせていたから何も気づかなかった、それはわかりますが、他の人には状況を説明したり、どのルートで歩いていたか細かく聞いたりしてたじゃないですか」

相手は大学生です、と星野が心外そうな表情になった。

「私だって配慮しますよ。それに、何を聞いたところで彼は答えなかったでしょう。今日は挨拶です。詳しい話はいずれ聞きますよ」

戻りましょう、と星野が踵《きびす》を返した。すっかり日が暮れていた。

第三章　炎暑

1

美術部員が真剣な顔でキャンバスに向かっている。洋美は後ろに立ち、ゆっくり歩きながら、それぞれの絵を順に見た。

六月に入り、一気に夏の気配が濃くなっていた。学校内のエアコンもフル稼働しているが、ブラウスが背中に張り付くほど、汗を掻いていた。

男子生徒四人、女子生徒六人が正面の台に置いた花瓶をキャンバスに描いている。洋美が足を止めたのは詩音の背後だった。

(絵が変わった)

四月の終わり頃から兆しはあったが、詩音の絵に明らかな変化が生じていた。

技術面だけを見れば、一年生の時の方が巧かったかもしれない。身につけたテクニックを捨て、新しい自分にチャレンジしている過程だから、そこはやむを得ないだろう。

描く線はシンプルになり、どこか陰のあった色使いは素直で率直なものになっていた。構図も大胆で、キャンバスから絵がはみ出しそうだった。

野球のピッチャーで言えば、詩音はいくつもの球種を持っていた。だが、今は変化球を捨て、直球しか投げるつもりがないようだ。気持ちが入った絵から、エネルギーが放射されていた。パワフルで、エネルギッシュな絵だ。経験を積めば、更に成長するだろう。どこまで上り詰めるのか、洋美にもわからなかった。

洋美は詩音の横顔を見つめた。視線に気づかないほど、集中していた。

中学の時から詩音の絵を見てきた。常に、自分を抑えながら描いていた。

SF映画で、超能力を持つ子供が悩むのと一緒だ。あまりにも抜きん出た才能は本人にとって呪いでもある。

消極的な性格で、他人を思いやる気持ちが大きいからこそ、周りの生徒たちから浮きたくない、と無意識のうちに思ったのだろう。

もっとも、巨大な才能を隠せるはずもない。去年の全国学生絵画コンクールで優秀賞に選ばれ、更に父親の突然の死を克服したことが詩音を解き放した。描きたい絵を自由に描く、という思いが伝わってきた。

(ますます、彼と似てきた)

彼が詩音の絵を見たらどう思うか、ともう一人の天才の顔を洋美は思い浮かべた。

時々、詩音が職員室に来て、彼の絵を見ているのは知っていた。何か通じるものがあるのだろう。

まっすぐ進みなさい、と洋美はつぶやいた。詩音はキャンバスに向かっていた。

2

ＪＲ市ヶ谷駅で降り、外堀通りを渡って直進すると、印刷会社が見えてきた。ひと区切りつきましたな、と星野が足を止めた。

五月末の時点で、身元不明者は五十一人だったが、ＳＳＢＣと所轄警察署の連携により、その後二週間で四十三人が特定された。残っているのは女性五人、高齢者と思われる男性三人で、犯人の可能性はない。

坪川と星野は四十人と会い、事情を聞き続けたが、不審な男を目撃した者はいなかった。

午前中、代々木《よよぎ》で四十一人目と会ったが、事件があったことすら忘れていた。東千石署に戻る前に神代小学校へ行ってみましょう、と星野に誘われ、市ヶ谷駅で降りた。

「小学校の先生たちの事情聴取は終わってます。何か思い出したことはないか、その辺の確認ですか？」

まさか、と星野が手を振った。

「アポも取っていないんです。最近の学校は簡単に入れてくれませんよ。痛ましい事件がいくつも起きていますからね。しかし、考えてみると私たちは学校に行ってません。一度は見ておかないと罰が当たるでしょう」

椎野流夏くんですね、と坪川は低い声で言った。星野が目を逸らした。

星野さんが彼を調べているのはわかってます、と坪川は前に回った。

「防犯カメラに写っている流夏くんを何度も見てましたね？　先週は一人で明政大学にも行ってましたが、彼に何があると？」

私を尾行していたんですか、と苦笑した星野に、大学の学生課から問い合わせの電話があったんです、と坪川は青になった信号を渡った。

「警視庁の星野と名乗る男が来ているが、本当に警察官なのかと……先方が不審に思ったのはわかります。星野さんは刑事らしくないですからね」

「誉めてるんですよね？」

「なぜです？　ぼくも映像は見ました。彼は自転車で千石線を四ッ谷方向に走っていただけです」

しばらく黙っていた星野が、犯人には条件があります、と口を開いた。わかってます、と坪川はうなずいた。

「身長百七十センチから百八十センチ、左利きの男……確かに、流夏くんは百八十センチほどですが、彼は右利きですよ。左手に時計をはめてました」

観察力が鋭いですな、と感心したように星野が言った。

「両利きの人がいるのは知ってますね？　字を書いたり、箸を持ったり、日常生活のほとんどは右手を使うんです。私の同級生にもいましたよ。しかし、流夏くんは左利きです」

「なぜです？」

リビングに入った時、と星野が左手を前に出した。

「彼はスマホでゲームをしてましたが、操作していたのは左の人差し指でした。右利きだと、あれはできません」

「今まで会った人達の中にも、左利きは三十人ほどいました。だから犯人だ、とはなりませんよ」

犯人には条件があるんです、と星野が繰り返した。

「特徴ではなく、条件です。往々にして、警察官はその二つをごちゃまぜにしますが、冤罪《えんざい》や誤認逮捕が絶えないのもわかりますな……条件の話でしたね？　織川さんは刺殺されましたが、即死ではありません。襲われれば、誰でも抵抗します。その場合、爪の間に犯人の皮膚や着ていた服の繊維が残りますが、何も出ませんでした。つまり、犯人はレインコートを着て、手袋をしていたんです」

「それは淀屋さんも報告書で指摘していました」

古田係長の話では、と星野が顔をしかめた。

「強盗を装った殺人だと淀屋さんが意見を上げたところ、小田原管理官が否定したため、それ以上は触れなかったそうです。あえて非難しますが、もっと突っ込んで調べるべきでしたな。上の指示や判断に黙って従うのが優秀な捜査員とされますが、事と場合によりますよ。もっとも、淀屋さんは体調を崩していましたから、抗う気力がなかったんでしょう。それでも、言うべきことは言うべきだったと思いますが」

あの日は強い雨が降っていました、と坪川は空を見上げた。

「レインコートを着るのは、不思議でも何でもありません。事件が起きたのは二月十六日、真冬です。誰だって手袋をしますよ」

雨になるのは天気予報でわかっていました、と星野が自分のスマホに触れた。

「降水確率は百パーセントだったんです。それなら、普通は傘を持って外出しますな。忘れていても、雨が強ければコンビニで傘を買います。防犯カメラやドラレコに写っていた大勢の人たちの中で、レインコートを着ていたのは十四人だけでした」

「自転車に乗っていれば、傘は差せません。だから、流夏くんはレインコートを着ていたんです」

自転車も妙です、と星野が通りに目をやった。

「あれだけ強い雨の中、自転車で外を走る者はめったにいません。あの夜は三人だけ、流夏くんとママチャリに乗った女性二人です。女性には事情を聞きました。どちらもシングルマザーで、夜間保育に預けていた子供を迎えに行ってたんです。お二人とも同じ施設で、そこは原則夜十時までの預かりということで、急いでいたでしょう。しかし、流夏くんは違います」

彼が家を出た時は小雨だったんです、と坪川は舌打ちをした。

「大学生なら、何とかなると甘く考えます。ぼくだって、あの頃は無茶をしました」

犯人は自転車に乗っていたんです、と星野が指を立てた。

「それも条件のひとつです」

「前もそう言ってましたね。根拠はあるんですか？」

なければこんなことは言いません、と星野が苦笑を浮かべた。

「通報した倉本さんですが、ガシャンと音がして、それに続き悲鳴が聞こえた、喧嘩で誰かが倒れたと思った、そう話していましたが、ガシャンは明らかな金属音で、人が倒れたならドサッとか、そんな風に表現したでしょう。そもそも、人が倒れた音が聞こえるか微妙なところです。あの夜は強い雨が降っていましたが、風はそれほどでもありませんでした。看板が飛んできた？　ポストが落ちた？　あり得ませんな。可能性が高いのは、自転車が倒れた音でしょう」

もうひとつ条件を上げると、と星野が話を続けた。

「犯人は涼風ストリートから新千石五丁目に入っています。若葉通りだと防犯カメラに写りますし、地蔵通りからですと中央分離帯があるので、自転車では渡れません。七味通りから入ったとすると、織川さんの背中しか見えなかったはずで、誰だかわからないのに襲うわけがないんです。残っているのは涼風ストリートだけで、反対側から都道小石川線を渡れば、信号機の防犯カメラと離れていますから、写っていないのも説明がつきます」

「消去法ですか？　それじゃ立件できませんよ」

その通りですな、と星野がうなずいた。

「だから、証拠を探しております。まず、神代学園へ行きましょう。詳しい話はそれからです」

星野が歩きだした。湿気を帯びた風が吹き始めていた。

3

化学実験室の前で待っていると、ドアが開き、詩音が出てきた。すみませんでした、と頭を深く下げたまま、手だけでドアを閉めた。

「大丈夫？」

尋ねた多佳子に、久々に怒られた、と詩音がため息をついた。

「謝るしかないよね。気をつけてたつもりだったけど……」

忘れてた、と詩音がいきなり立ち上がったのは三十分ほど前、昼ごはんを食べていた時だった。

「五限って化学基礎だよね？　実験器具の準備を先生に頼まれてたのに……」

手伝うよ、と多佳子はうなずいた。化学教師の山藤《やまふじ》は短気で有名だ。怒らせていいことは何もない。

二人で実験室に行き、六つある実験机に器具棚から取り出したフラスコ、蒸発皿、ビーカーのセッティングを始めた。

試薬類は厳重に保管されているが、生徒が使いやすいように、ピペットや試験管などの器具類は棚に入っていた。難しい作業ではない。

スタンドをそれぞれの机に立てていると、ガラスの割れる派手な音がした。多佳子が振り向くと、やっちゃった、と詩音が舌を出した。床にガラスの破片が散らばっている。

「怪我はない？」

平気、と詩音が手を見せた。傷はついていなかった。

「でもヤバい。どうしよう？」

どうにもならない、と答えるしかなかった。ビーカーはすべて割れている。これでは言い訳もできない。

「多佳子、ゴメン。山藤先生を呼んできて。あたし、これを片付けておくから」

気をつけてねと念を押し、多佳子は職員室へ向かった。

コンビニ弁当を食べていた山藤に事情を話すと、参ったな、としかめ面で立ち上がった。

実験室に戻ると、ホウキとちり取りで床を掃いていた詩音が頭を下げ、わたしが割りました、と正直に言った。

待ってろ、と苦い顔の山藤に命じられ、多佳子は廊下で立っていた。五分ほどで詩音が出てきたが、強く叱責《しっせき》されたのか、顔が強ばっていた。

今回はあたしが悪い、と詩音がため息をついた。

「先生が怒るのは当たり前だよね。弁償しますって言ったら、そういう問題じゃないってまた怒られた」

高いんじゃないの、と囁いた多佳子に、一個千円もしないみたい、と詩音が言った。

「ねえ、もう五限が始まっちゃう。クラスのみんなに何て言えばいい？」

「予備があるよ。気にしなくていいって」

実験室のドアが開き、山藤が顔だけを覗かせた。

「織川、何をいくつ割って、何を壊したか、リストにして先生の机に置いておけ。わかったな？昼休みが終わるぞ、行っていい」

すみませんでした、と詩音と並んで頭を下げ、多佳子はその場を離れた。何となくおかしくなって口を押さえたが、堪えきれずに笑い声が出た。

ひどい、と泣きまねをした詩音に、教室に戻ろう、と多佳子は言った。

高校に入って初めて怒られた、と詩音が廊下を歩きだした。背負っていた大きなスクエアリュックから、耳障りな音が重なって聞こえた。

4

六月二十五日火曜日。本館三階の教授室から出てきた佐里が肩をすくめた。

「藤枝教授、ノーコメント。個人情報は話せないってさ」

黙ったまま、真奈美はうなずいた。そんな顔しないでよ、と佐里が軽く肩を叩いた。

「四年になったら、文系の学生は大学に来ないって。うちらだってゼミだけでしょ？　珠江はフランス語の講義を取ってるけど、あれは趣味だもん。椎野くんがどんだけ単位取ってるか知らないけど、普通は三年でほとんど卒業単位を取り終わってる。彼もそうでしょ」

「でも、ゼミには出ないと……」

四月に前期が始まったが、連休が明けると流夏がゼミに来なくなった。

就職活動があるとはいえ、週に一度のゼミには全学生が顔を揃える。藤枝教授は出席に厳しく、去年も卒業論文を突き返され、留年した者がいた。

ちょうど一年前、三年の六月に真奈美は就活を始めた。藤枝はウェブ研究の専門家で、ゼミ生の多くがネット関連の会社を希望する。真奈美もウェブ系の旅行代理店のインターンシップに参加していた。

今年の三月に入ると、会社説明会がスタートした。どの業界も人手不足が慢性化しているので、公式な形ではないが、去年の秋から説明会を始めていた会社もあり、忙しかったが、それなりに順調だった。

六月一日、旅行代理店から内々定の通知が来たが、他のゼミ生も似たようなものだろう。先週は珠江ともう一人、第一志望の会社で内々定が決まった、と話していた。

マスコミ狙いの佐里は就活を始めるのが遅れ、内定どころか内々定もなく、今後どうやって就活を進めていくかという相談のため藤枝にアポを取ったと聞いたのは昨日だ。

流夏のことを聞いてほしいと頼むと、任せなさい、と佐里が胸を叩いた。流夏への真奈美の思いを知っているからで、こういう時の女同士の友情は固い。

このままだと卒論を出されてもな、と佐里が藤枝の口まねをした。

「それは言ってた。ゼミに来なくなったのは連休後でしょ？　まだ一カ月ちょっとだし、今は就活のハイシーズンだから、執行猶予って感じ？　だけど、このままだとマジでヤバいかもね」

真奈美は流夏の顔を思い浮かべた。ゼミに出席しなければ、藤枝は卒論をはねるだろう。それでは卒業できないし、就職どころではなくなる。

「彼は……大学を辞めるかもしれない」

真奈美が言うと、まさか、と佐里が大きく口を開けて笑った。

「大学四年の六月だよ？　週が明けたら七月で、試験もない。そんな時に中退？　あり得ませんって。留年はわかんないけどね。就活がうまくいかなかったんじゃない？　うちが面接官だったら、あんな無口で無愛想な学生は落とすもん」

椎野くんと話す、と真奈美は言った。流夏が何を考えているか、確かめなければならない。

でも、と佐里が首を傾げた。

「マナは椎野くんの連絡先を知らないんでしょ？　どうする気？」

考える、とだけ言って、真奈美は階段に足を向けた。スニーカーの靴音が廊下に響いた。

5

六月三十日日曜日午後一時、豊島区の新勝寺で織川俊秀の偲《しの》ぶ会が開かれた。

以前から、神代小学校の教職員の間で声が上がっており、四十九日法要をその場に充てるという話も出ていたが、中学、高校の教師も参加することになって、日程調整に時間がかかり、最終的にこの日に決まった。

洋美は教頭の堀内《ほりうち》、同僚の江口と並び、広い本堂に用意されたパイプ椅子に座って、僧侶の読経に耳を傾けた。小中高、合わせて五十人ほどの教職員が参列していた。

僧侶の読経が続いている。顔を上げると、最前列の中央で妻の亜希子と娘の詩音が手を合わせていた。

偲ぶ会には学校葬の側面があり、織川の母親、数人の親戚が参列しているだけで、友人、知人は来ていない。

鈴《りん》が鳴り、読経の声が僅かに高くなった。暑い日で、座っているだけでも汗が噴き出してくる。それは堀内も江口も同じで、二人ともハンカチでしきりに顔を拭っていた。

江口とは十二時に最寄りのＪＲ駒込《こまごめ》駅で待ち合わせだった。近くの喫茶店でコーヒーを飲みながら三十分ほど話したが、その時の会話が頭を過った。

偲ぶ会が延びたのは、と江口が言った。

郵便はがき

料金受取人払郵便

牛込局承認

5517

差出有効期間
2025年6月
2日まで

162−8790

新宿区東五軒町3−28

㈱双葉社

文芸出版部 行

ご住所	〒		
お名前	（フリガナ）	☎	
		男・女・無回答	歳
メールアドレス			

小説推理

双葉社の月刊エンターテインメント小説誌!

ミステリーのみならず、様々なジャンルの小説、読み物をお届けしています。小社に直接年間購読を申し込まれますと、1冊分をサービスして、12ヶ月分の購読料（10,390円/うち1冊は特大号）で13ヶ月分の「小説推理」をお届けします。特大号は年間2冊以上になることがございますが、2冊目以降の定価値上げ分及び毎号の送料は小社が負担します。ぜひ、お申し込みください。㈹（TEL）03-5261-4818

ご購読ありがとうございます。下記の項目についてお答えください。ご記入いただきましたアンケートの内容は、よりよい本づくりの参考とさせていただきます。その他の目的では使用いたしません。また第三者には開示いたしませんので、ご協力をお願いいたします。

書名（　　　　　　　　　　　　　　　　　　　　　　）

●本書をお読みになってのご意見・ご感想をお書き下さい。

※お書き頂いたご意見・ご感想を本書の帯、広告等（文庫化の時を含む）に掲載してもよろしいですか？

1. はい　2. いいえ　3. 事前に連絡してほしい　4. 名前を掲載しなければよい

●ご購入の動機は？

1. 著者の作品が好きなので　2. タイトルにひかれて　3. 装丁にひかれて
4. 帯にひかれて　5. 書評・紹介記事を読んで　6. 作品のテーマに興味があったので
7.「小説推理」の連載を読んでいたので　8. 新聞・雑誌広告（　　　　　　　　）

●本書の定価についてどう思いますか？

1. 高い　2. 安い　3. 妥当

●好きな作家を挙げてください。

（　　　　　　　　　　　　　　　　　　　　　　）

●最近読んで特に面白かった本のタイトルをお書き下さい。

（　　　　　　　　　　　　　　　　　　　　　　）

●定期購読新聞および定期購読雑誌をお教えください。

（　　　　　　　　　　　　　　　　　　　　　　）

「小学校と織川先生の奥さんとの間でトラブルがあったからしい」

しばらく前から神代小学校の音楽教師と交際している江口は、事情に詳しかった。

「トラブルっていうか、ぼくに言わせれば見解の相違だな。学校側の責任じゃないが、奥さんは違うと思ったようだ」

「何かあったの？」

保険金だよ、と江口が苦笑を浮かべた。何も言えないまま、洋美はコーヒーに口をつけた。

一般に、私立学校の教師は私立共済に加入するが、神代学園では契約している保険会社の労働保険への加入を、全教職員に義務付けていた。

掛け金の七割は神代学園が負担する。福利厚生に手厚いのは創立以来の伝統だった。

保険の対象は労務中の事故等による怪我、病気、過労による休職、メンタルケアへの対処などで、帰宅途中の交通事故も含まれるが、織川は同僚と酒を飲んだ帰り、強盗に殺害された。保険会社としても、判断が難しいだろう。

「飲み会はプライベートだから労働保険の適用外、と保険会社は主張した。事件直後から、学校と保険会社の協議が続いていたらしい。事情が事情だから、小学校の校長先生が奥さんに代わって話し合ったけど、保険金の支払いが遅れてね。それで奥さんは不信感を持ったんだ」

「不信感？」

誤解があったみたいだ、と江口が説明を続けた。

「学校が何もしないから保険金が下りない、ざっくり言えばそういうことだ。実際には協議が長引いていただけで、校長先生としては奥さんが大変だろうと考え、代理人として保険会社と話し合っていたつもりだったらしい。でも、そこで誤解があったみたいだな。トラブルっていうか、揉めたのはそのためだ」

奥さんも不安だと思う、と洋美は言った。

「突然夫を亡くせば、いろいろ考えざるを得ない。葬儀の時に誰かが話してたけど、奥さんは専業主婦でしょ？　貯金はあるだろうけどそんなに多いとは思えないし。お金が必要なのはよくわかる」

学校も同じだよ、と江口がうなずいた。

「力になりたいって、みんな思ってた。だけどさ、亡くなった翌日に保険金が下りるわけないだろ？　十年前、うちの親父が死んだけど、手続きだけでとんでもなく時間がかかった。オフクロが全部ぼくに押し付けて、あの時は参ったよ。住民票、戸籍謄本《とうほん》、印鑑証明、医師の死亡診断書、書類を揃えるのだって簡単じゃなかった。親父はガンで死んだから、保険会社もうるさいことは言わなかったけど、織川先生は殺されたんだ。審査も厳しくなるさ」

「そうね」

「でも、奥さんは毎日のように問い合わせの電話を学校にかけて、文句や嫌みを言ったり、そんなこともあったらしい。結局、連休明けに保険金の支払いが決まって、それでやっと偲ぶ会の話ができるようになったそうだ」

四月の半ばに詩音の家へ行った、と洋美はコーヒーにミルクを足した。

「詩音が心配で、お母さんと今後について相談するつもりだった。でも、家に入ったらアルコールの匂いがしたの。キッチンのゴミ箱の横にワインの空き瓶が何本も転がっていて……夫を失ったショックで、ずっと飲んでたみたいね」

「そんなことがあったのか……」

詩音の家の様子を思い出していると、横から軽く肩を叩かれ、洋美は顔を上げた。どうした、と堀内が囁いた。気分が悪くなったと勘違いされたようだ。

大丈夫ですとうなずき、辛かっただろう、と洋美は亜希子を見つめた。

病死や事故死ではない。彼女の夫は殺された。

だが、親戚、友人、口さがないことを言う者もいたはずだ。酒に逃げるしかなかった気持ちはわからなくもない。

鈴の音に、洋美は手を合わせて頭を下げた。最後に亜希子が短い挨拶をすると、それで偲ぶ会は終わった。

立ち上がった堀内が亜希子と詩音、親族に一礼してから本堂の外へ出た。洋美と江口はその後に続いた。

「ずいぶん椅子が空いてたけど、織川先生が担任を務めていたクラスの生徒が来るんじゃなかったのかな？　私はそう聞いてたんだけどね」

黒の背広を脱いだ堀内が、そのまま脇に抱えた。奥さんが呼ばなかったんでしょう、と江口が言った。

「クラスの生徒、その保護者を合わせると七、八十人になります。いろいろ大変じゃないですか」

そうだねえ、と堀内が石の階段を下りた。ワイシャツの背中が汗で濡れていた。

「生徒たちも忘れた方がいい。担任が殺されたっていうのは……」

洋美は江口と顔を見合わせ、ため息をついた。路面に陽炎《かげろう》が立っていた。

6

七月二日、志望していた食品会社のOBと会ってから、恭介は丸ノ内線で四谷三丁目駅に出た。

流夏の父親が四谷でバーを開いてるのは知っていた。ただ、店名は聞いたことがなかった。

四谷には一丁目から四丁目まであり、四谷とつく町名は他にもある。四谷坂町《さかまち》、四谷本塩町《ほんしおちょう》、四谷三栄町《さんえいちょう》、周辺の若葉、須賀町《すがちょう》、荒木町《あらきちょう》、左門町、大京町《だいきょうちょう》なども地図の区分では四谷だ。

四谷、バー、で検索したが多くの店名が並ぶだけだった。椎野、とワードを加えても、探しようがない。

もっとも、当てはあった。Ｆａｃｅｂｏｏｋで繋がった流夏の中学の同級生だ。それとなく聞くと、ＢＡＳＫＥＴという店名を教えてくれた。

後は簡単で、すぐに場所がわかった。最寄り駅は四谷三丁目駅、自宅が近いと流夏が話していたのは覚えていた。

「二度と話しかけるな」

流夏の言葉は重く、大学に行っても学食に近づけなくなった。これ以上嫌われたくなかった。

だが、あれからも流夏のことを考え続けていた。流夏と会いたい。顔が見たい。話がしたい。

流夏が恋しかった。

大学を卒業すれば、流夏との接点はなくなる。どれだけ嫌われても同じだ、という想いが恭介の背中を押した。

そして、嫌われてもいいから、覚えていてほしかった。流夏の心の片隅に、影だけでも残したい。それだけが恭介の願いだった。

改札を抜けて地上に出た。BASKETまで行き、後は歩いて流夏の自宅を探すつもりだった。

椎野という名字はそれほど多くない。一軒一軒表札を見ていけば、必ず見つかる。

自宅がわかれば、近くで待ち、家を出た流夏に声をかける。その時の会話もシミュレーション済みだった。

今日は家を探すだけだ、と恭介はつぶやいた。夕方から用事があるので、それほど時間はなかったし、心の準備もできていない。

スマホのナビに従って歩くと、住宅街に出た。辺りを見回すと、ログハウスのような店に〝BASKET〟と看板が掛かっていた。

ドアの横に、瓶ビールのケースが積まれている。CLOSEDの札がかかっていたが、流夏の父親のバーだとわかった。

後は勘で動くしかない。三十分ほどぐるぐる歩いていると、椎野、という表札が目に飛び込んできた。

(流夏の家だ)

インターフォンがあったが、押す勇気はなかった。今日はこれでいい、と恭介は来た道を戻った。

間に合った、という思いが胸に浮かんだ。流夏の誕生日は八月九日だ。

運が良ければ、その日に会える。これだけ流夏のことを思っている自分に、神様が味方しないはずがない。

視線を感じて振り返った。白いブラウスを着た少女が横断歩道を渡っていた。

他には誰もいない。恭介は速足で駅へ向かった。

7

七月五日金曜日の放課後、多佳子は図書館に向かった。週明けの月曜から期末テストが始まる。勉強しておかないと、さすがにまずいだろう。

六限は選択授業で、多佳子は古典Bだった。神代高校が受験に強いのは、一年の時から志望大学を選び、それに沿ったカリキュラムを組めるからだ。

図書館に入ると、奥の席で詩音がタブレットを開いていた。成績がいい子は違うとつぶやいて、多佳子はそっと後ろに回った。

画面に映る濃い青の花が見えたが、素早く振り向いた詩音がタブレットを裏返した。

「びっくりした……止めてよ、何なの?」

詩音の顔に不快そうな表情が浮かんでいた。ゴメンと頭を下げ、多佳子は向かいの席に座った。

「そんなに怒らないでよ。ちょっと驚かそうと思っただけで……何の花? 絵を描くの?」

わからない、と詩音が首を振った。声の底に苛立ちがあった。

悪かったって、と多佳子はもう一度頭を下げた。

「何してるのかなって思っただけ。ほら、最近詩音はずっとスマホかタブレットで調べ物をしてるでしょ？　だから、好奇心っていうか――」

二度としないで、と詩音がタブレットの電源をオフにした。

「多佳子は？　図書館なんて、めったに来ないでしょ？」

来週から試験だし、と多佳子は英語の参考書を机に置いた。

「詩音と違って、こっちは必死なんだよ。これ以上成績が落ちたら、母親が何を言うかわからない。あの人、うるさいんだよ。知ってるでしょ？」

学級委員長だもんね、と詩音が笑みを浮かべた。

「中間テストの時も言ってたでしょ？　授業さえ聞いていれば何とかなるって。隠れてスマホのゲームばっかりしてるから――」

うるさい、と多佳子は耳を塞いだ。

「詩音にはわかんないよ。テストなんかない方が平和だと思わない？」

カウンターの司書が物差しで机を叩いた。静かに、と言いたいのだろう。

「何がヤバそう？」

詩音の囁きに、コミュニケーション英語、と多佳子は唇だけで答えた。あたしでよければ教えましょう、と詩音がうなずいた。

8

こんばんは、と星野が挨拶した。どうも、とボックス席で二人の男女が頭を下げた。

男は橋本文雄《はしもとふみお》、十三年前に荒城小学校を卒業し、製薬会社勤務、と坪川は聞いていた。

「賑やかですな」

星野が顔を左右に向けた。金曜の夜八時、新宿の居酒屋は満席だった。

深雪《みゆき》です、と橋本が隣を指さした。

「西村《にしむら》深雪、小学校の同級生なんです」

六月の半ばから、坪川は星野と手分けして、織川が教えていた荒城小の卒業生と連絡を取っていた。

荒城小の教師、新井が間に入る形でそれぞれにメールで織川について質問したが、当たり障りのない返事が届くだけだった。

数日前、会ってもいいですと橋本から連絡があり、指定されたのがこの居酒屋だった。

深雪とデートの約束があって、と橋本が照れ笑いを浮かべた。

「刑事さんと会うって言ったら、一緒でもいいかって……彼女も織川先生のことは知ってます。構いませんよね？」

ありがたいぐらいです、と星野が向かいの席に腰を落ち着け、坪川は隣に並んだ。

席のボタンを押し、注文を取りに来た店員に、ウーロン茶を二つお願いしますと星野が頼んだ。

小学校から付き合ってるんですか、と坪川は二人を交互に見た。

腐れ縁ですと答えた橋本の肩を、深雪が強く叩いた。十年以上付き合っているためか、若い夫婦にしか見えない。

助かりました、と運ばれてきたジョッキのウーロン茶に星野が手を伸ばした。

「皆さん、ガードが固くて……警察が嫌いなんですかね？」

彼は刑事ドラマのオタクなんです、と笑った深雪に、本物の刑事さんと会うなんてめったにないだろ、と橋本が口を尖らせた。

夫婦喧嘩は犬も食いません、と星野が二人を分けた。

「そして、人の恋路を邪魔する者は馬に蹴られて死ぬそうです。話が終われば、私たちは退散します……さっそくですが、荒城小にいた織川先生が強盗に殺された事件はご存じですね？」

今年の二月ですよね、と深雪が身を乗り出した。

「ニュースで見て、びっくりしてフミに電話したんです」

焦ったよな、と橋本がうなずいた。

「織川先生はぼくたちが入学した時の担任でした。よく覚えてますよ」

「どんな方でしたか？」

星野の問いに、今から思うと先生は二十代後半だったと思います、と橋本が答えた。

「他の先生はもっと年齢が上で、あの頃は怖い先生もいたんですよ。だけど、織川先生は違いました」

優しかったよね、と深雪がうなずいた。

「どっちかっていったら無口？　でも、昼休みにみんなを集めて童話の読み聞かせをしたり、サッカーとか卓球とか……ドッジボールもやったよね。うわ、懐かしい。でもさ、織川先生って運動神経はなかったと思わない？」

鈍臭かった、と橋本が指を鳴らした。

「キャッチボールとかドリブルとか、できることはできるけど下手だったな。まあ、わざとそうしていたのかもしれませんけど」

悪口じゃないんです、と慌てたように深雪が手を振った。

「そういうところも親しみやすかった、みたいな……どうして織川先生が殺されたんだろう。強盗もちゃんと選べよって」

子供たちから好かれていたんですかと尋ねた星野に、そうですね、と橋本がビールのジョッキに手を掛けた。

「人気のある先生っていうと、ちょっと違うんですけど……小学生って、スポーツが得意な先生に憧れるじゃないですか。そういう先生じゃなかったけど、質問すれば何でも教えてくれたし、頭のいい人なのは子供でもわかりますよ。嫌いだった奴はいないんじゃないかな？」

どうして同窓会に来ないんだろう、と深雪が首を傾げた。

「うちの学年は結構仲が良くて、毎回五十人ぐらい余裕で来るんです。担任の先生にも声をかけて、阿部《あべ》先生と木内《きうち》先生は毎回来るけど、織川先生は……一回も来てないんじゃない？」

小中先生のことがあったからな、と橋本が口をすぼめたた。事情は知っております、と星野が言った。

「顔を出し辛かったのかもしれませんな」

今年の幹事って誰だっけ、と深雪がスマホを取り出した。

「去年は三十人しか来なかったじゃない？　仕事で忙しいとか、いろいろあるのはわかるけど、小学校の友達との付き合いも大事でしょって……ヒバゴンとエンニャが幹事だ。頼りないなあ、明日電話するから、フミも忘れないでね。今年は絶対リンコとナミを呼ばないと。あの二人も同窓会来ないでしょ？　ちょっと可愛いからって、何様のつもり？」

ヒバゴン、と首を傾げた星野に、あだ名です、と橋本が笑った。

「リンコとナミは？　女性ですか？」

クラスのアイドルですよ、と橋本がビールを飲んだ。

「三ノ輪《みのわ》凜子《りんこ》と原田《はらだ》奈美《なみ》。クラスの男子から人気があったんです」

どうしてその二人は同窓会に来ないんですか、と坪川は質問した。

「人気者なら、普通は来るでしょう？」

さあ、としかめ面を作った深雪に、血の雨が降るからだよ、と橋本が頭の横で指を立てた。

「荻原《おぎわら》と牧野《まきの》が凜子を取り合って、大ケンカになっただろ？　しかも、奈美は荻原を好きだったんだぜ？　四人が顔を合わせたら、面倒なことになる。だから来ないんだ」

小六の時の話でしょ、と呆れたように深雪が言った。

「十三年前よ？　凜子も奈美も忘れてるって。女子ってそういうもんなの」

怖い話ですなとつぶやいた星野に、鳥肌が立ちました、と橋本が二の腕をさすった。

（彼は来なかった）

9

品川駅で新幹線を降り、真奈美は京浜東北線のホームへと歩を進めた。

七月三十日から、軽井沢で二泊三日のゼミ合宿があった。藤枝ゼミの学生は全員出席を義務付けられていたが、流夏は姿を現さなかった。

彼に親しいゼミ生はいない。プライベートな話をした者もいない。

流夏は大学を辞めるつもりだ。それは何となくわかったが、四年の前期が終わったところで退学する大学生はめったにいない。なぜなのか、理由を知りたかった。

新橋駅で東京メトロ銀座線に乗り、赤坂見附駅で丸ノ内線に乗り換えて四谷三丁目駅に向かった。夕方の四時になっていた。

同じ高校、同じ大学でも、話したことさえない。最初から繋がっていなかった。

今になって追いかけても、と何度も足が止まったが、そのたびに心を励ました。

流夏の家を訪ね、どうしてゼミ合宿に来なかったのかと聞けば、何かが変わるかもしれない。

スマホをスワイプし、メモのアプリをスワイプした。合宿最終日の朝、流夏の住所を聞くため、高校の同級生、小原明日香《おばらあすか》に電話を入れていた。

明日香は流夏のファンを自認し、高校三年間で六回告白したのは同級生の誰もが知っていた。椎野くんっていいよね、と囁きを交わしていた女子の一人だ。

流夏の後をつけ、クリスマスイブの早朝に家へ行き、プレゼントを渡したこともあった。明日香なら、流夏の自宅を知っているはずだ。

数は多くないが、流夏に憧れる女子が何人かいた。無口で、どこか陰のある表情に魅かれたのだろう。

教室で、渡り廊下で、通学路で、帰りのファストフード店で、彼女たちは流夏のことを熱心に語っていた。その姿を見るたび、何もわかっていないくせに、と腹が立ってならなかった。

あの子たちとは違う。流夏とわたしは見えない線で繋がっている。一緒にしないで。

高校の三年間、同じクラスになったことはない。他人に興味を持たない流夏は他のクラスの生徒の名前を知らないし、気にも留めていないはずだ。

でも、何度か目が合った。視線に気づき、振り向くと、流夏が目を逸らしたこともあった。お互いに意識していたけれど、どちらも言い出せない。これでは何もないまま終わってしまう、と真奈美は思っていた。

明政大学を受験したのは、真奈美の意志で、流夏がそれを知っていたはずはない。だが、入学すると同じ文学部だった。

藤枝ゼミを選んだのも、それぞれが決めたことだ。それで、偶然ではなく必然だとわかった。共通する何かが根っこにあるから、同じ選択をする。

特別な関係のはずなのに、と自嘲《じちょう》の笑みが漏れた。彼の携帯番号もメールアドレスも知らない。これまでずっと下に見ていた明日香に聞くしかなかった。

本当は、明日香たちが羨ましかった。流夏が好きだと大声で言い、アイドルの追っかけのようについて回る明るさに嫉妬《しっと》していた。

電話をかけ、高校の同窓会を開くと口実をつけ、流夏と連絡を取りたいと話すと、四谷三丁目のバー、BASKETの店名を明日香が屈託《くったく》のない声で言った。

「夜になったらオープンするんじゃなかった？　オーナーは椎野くんのお父さんだから、聞いてみたら？」

懐かしいね、と明日香が何度も繰り返した。真奈美と流夏が同じ大学に通っていることさえ、明日香は知らなかった。

BASKETは四谷三丁目の駅から一キロほどで、簡単に見つかった。CLOSEDの札がかかっていたが、店の近くで立っていると、ドアから日に焼けた中年男が出てきた。

面影で流夏の父親だとわかったが、声をかけられないまま後を追った。五、六分歩くと、中年男が庭のある家の前で足を止めた。

持っていた大きなビニール袋から取り出した数十個のビールの空き缶を玄関脇にあった大きなダストボックスにほうり込み、中年男が家に入った。

（流夏の家だ）

思っていたより簡単に家が見つかった驚きより、ここに流夏がいるんだという緊張が勝っていた。

勇気を出してインターフォンを押そうとした時、玄関から流夏が出てきた。反射的に、真奈美は電柱の陰に隠れた。

流夏が、手にしたゴミのポリ袋をダストボックスに押し込むと、それで一杯になった。そして、小脇に挟んでいた茶色い木製のケースを地面に置くと、流夏は家に戻った。

真奈美はその場を動かないまま、誰も出て来ないのを確かめ、ダストボックスに近づいた。

木製のケースに見覚えがあった。高校の時、流夏が使っていた画材ケースだ。

フックを外し、中を見た。絵の具、絵筆、小さなパレット、竹ペン、色鉛筆がきれいに収まっていた。

高校に入学してから今日まで、流夏だけを見てきた。淡い思いではなく、流夏に恋をしていた。

真奈美は画材ケースを摑んだまま、流夏の家を離れた。思い出が欲しかった。

どれほど流夏を想っても、願いはかなわない。声をかけても、振り向くことはない。

一度でも話せば、彼はわたしを大切な存在だとわかってくれる。でも、その機会は巡ってこない。

いつか、わたしは誰かと恋をするだろう。でも、心のどこかに流夏がいる。死ぬまで彼を忘れない。

それだけ大切な相手を、話すことすらないまま失ってしまった。こんなに苦しいなら、と真奈美は涙を拭った。

彼と出会わなければよかった。

10

パーテーションが開き、係長の古田が入ってきた。眉間に深い皺が刻まれていた。

「どうなってるんだ？　状況を報告しろと何度言っても梨のつぶてだ。もう八月だぞ？」

日報はメールで送っております、と星野が椅子ごと向き直った。坪川、と古田が呻いた。

「書き方を教えてやれ。何時に誰とどこで会った、箇条書きだけじゃ何もわからない。捜査の内容を詳しく説明するのが日報だ」

詳しいことを調べています、と星野が空いていた椅子を勧めた。

「私と坪川さんは淀屋さんの作った道を辿ってきました。事件が起きた時、現場で初動捜査の指揮を執っていたのは淀屋さんで、その後も熱心に調べていました。ガンが再発しなければ、あの人が事件を解決していたでしょう。ただ、管理官や係長への気遣いから、手をつけにくかったこともあったようです。いずれにしても、時間が足りなかったのは否めません」

「時間？」

事件が起きたのは二月十六日、と星野が指を折った。

「病状が悪化して倒れたのは三月四日、淀屋さんには半月しか時間がなかったんです。捜査の過程で拙速な部分があったのは確かですが、あの人は真相を見抜いていたんでしょう」

続けろ、と古田が椅子に座った。小田原管理官は強盗致死の線で捜査を命じていました、と星野が足元の段ボール箱を指さした。

「しかし、その判断は間違いですな。本件は殺人事件です」

殺人の可能性を淀屋が指摘したのは覚えてる、と古田が腕を組んだ。

「強盗は偽装で、織川を狙っていたんじゃないか、そんなことを言ってたな。小田原管理官が渋い顔をしたのも、わからなくはない。考えにくいのは確かだし、状況だけで言えば強盗致死だよ。

それは淀屋も認めていた」

誰にでも間違いはありますな、と星野がうなずいた。

「初動捜査の段階では、私だって強盗致死と考えたかもしれません。ただ、捜査本部がそこにこだわったのは失敗でしたな。最初の一歩が間違っていたら、一からやり直すしかありません。その分、時間はかかりますが……」

現状を係長に報告した方がいいと勧めたんですが、と坪川は二人の間に入った。

「まだ不明な点がある、と星野さんが言うので……」

何のことだ、と尋ねた古田に、動機です、と星野が答えた。

「犯人が織川さんに殺意を抱いた経緯が不明です。そこがわからなければ、どうにもなりません」

星野、と腕を解いた古田が指で机を叩いた。

「犯人はわかってる、そう言いたいのか？」

疑わしい人物はおります、と星野が首を振った。

「しかし、織川さんとの接点が見つかりません。あるのは状況証拠だけです。相手は大学生で、無茶はしたくありません。彼の将来にもかかわることですから、慎重に調べるべきだと考えております」

大学生、と古田が指を止めた。

「現場近くを自転車で走っていた男か？　明政大学の学生で、神代高校卒だろ？　織川は神代小学校の先生だ。接点はそれじゃないか？」

確認しました、と坪川は言った。

「神代学園は私立の小中高一貫校ですが、彼は高校を受験して入学しています。校舎こそ並んで建っていますが、それぞれのグラウンドを挟み、敷地間には距離があり、お互いに交流はありません。彼は織川さんの存在すら知らなかったでしょう。通学路が途中まで同じなので、すれ違うぐらいはあったと思いますが、直接的な関係はないんです。それを接点と言い出したら、きりがありませんよ」

また古田が机を叩き始めた。

「いいだろう。くれぐれも慎重にやれ。大学生か……前の連続殺人事件の話は聞いてる。被疑者にしつこくつきまとったらしいな。勤めてた会社から抗議されたんだろ？　訴えられてもおかしくなかった、と三係の係長が文句を言ってたが、相手が大学生じゃその手は使えん。どうするつもりだ？」

困っております、と肩をすくめた星野に、お前さんの評判が悪いわけがわかったよ、と古田が苦笑いを浮かべた。

「独断専行が酷い、と係長が怒っていたが、ごもっともだな。犯人を逮捕すれば結果オーライ、警察はそういう組織じゃない。何であれ、必ず報告しろ」

口元を歪めた古田が出て行った。坪川さん、と星野が口を開いた。

「淀屋さんが亡くなった時、あの人は悔しかったでしょうな、と私が言ったのを覚えてますか？」

「もちろんです。ぼくもそう思いました」

淀屋さんが悔しかったのは、と星野が言った。

「事件を解決できなかったのはもちろんですが、上が間違っているとわかっていたのに、それを言えなかったことだと私は思っております。間違いは誰でもします。それを責めていたら、世の中は回りません。ですが、相手が上司でも、組織のトップでも、間違っていると思ったら、それを言うべきです」

「警察は上の命令が絶対の組織ですが……」

淀屋さんの後悔を無駄にはできません、と星野が席を立った。表情が固かった。

11

『8月9日夜午後7時頃、東京都新宿区の自宅で夫が倒れていると110番通報があった。南四谷警察署の係員が駆けつけると、リビングの床で死亡している男性を発見。男性は通報者の夫、椎野正也さん（50）。現場の状況などから、同署は殺人事件の疑いがあるとして、妻、友人等から任意で事情を聞いている』（8月10日　東洋新聞朝刊）

『四ッ谷の男性　死因はトリカブト毒か？　殺人事件と断定

8月9日、バー経営者、椎野正也さん（50）の遺体が自宅で発見された事件で、南四谷署に設置された捜査本部は10日未明、死因はトリカブト毒による心不全と発表した。遺体に目立った外傷はなく、室内にも争った形跡はなかった。遺体の状態や、9日の日中から家族が外出し、自宅に

正也さんが一人でいたことから、同日午後4時前後に殺されたと捜査本部は見ている』（8月10日　東洋新聞デジタル版）

第四章　薄暮

1

八月九日金曜日、坪川は代休を取っていた。板橋本町《いたばしほんちょう》の自宅マンションで溜まっていた洗濯物を干し、申し訳程度に掃除機をかけ、取り込んだワイシャツにアイロンをかけただけで、一日が終わった。

マンションを出て、駅前の牛丼屋に向かったのは夜七時半だった。自動券売機の前で千円札を取り出した時、スマートフォンに着信があった。

画面に〝3－4〟と表示があった。第三強行犯四係の直通番号だ。

すまん、と係長の古田の声がした。スマホを耳に当てたまま肩でドアを押し開け、坪川は店の外に出た。

「何かあったんですか？」

「外か？　どこにいる？」

「自宅の近くです」

坪川が答えると、三十分ほど前、夫が自宅で倒れていると通報があった、と古田が言った。

「救急が駆けつけたが、死亡が確認された。住所は四ツ谷の左門町、死んでいたのは椎野正也、五十歳。発見、通報したのは女房だが――」

「え、今何と……。椎野さん？」

「そうだ。椎野正也、シイの木の椎にノハラの野、タダシイにナリで正也」

一度会っています、と坪川はスマホを持ち替えた。

「この前話しましたよね？　千石の事件で大学生が現場近くにいましたが、彼の父親です」

やはりそうか、と古田が舌打ちした。

「死体に外傷はなく、南四谷署の連中は病死、他殺の両面で調べているが、他殺ならうちで預かるつもりだ。妙な感じがする」

「千石の事件と関係があると？」

何とも言えん、と古田が長い息を吐いた。

「自宅には南四谷署の連中が入ってる。鑑識も向かったし、うちからも人を出すが、お前は四谷総合病院に行ってくれ。病死か他殺かわからないんじゃ動きようがない……星野はどこだ？」

「ちょっとわかりませんが……連絡は？」

とっくにした、と古田が言った。

「留守電にメッセージを残しておいたよ。タイミングの悪い奴だ……頼んだぞ」

返事をする前に通話が切れた。坪川はスマホをジーンズのポケットに押し込み、そのまま板橋本町駅の改札に入った。

都営地下鉄三田線で水道橋に出て、総武線に乗り換えた。車内で四谷総合病院の場所を調べると、駅から徒歩三分とウェブサイトに地図があった。

病院に着いたのは八時過ぎだった。警視庁の坪川です、と夜間受付で名乗ると、地下一階です、と守衛が通路の奥を指さした。

階段を降りると、同じ四係の志村《しむら》が立っていた。宮仕えは辛いな、と志村が言った。

「休みでも呼び出されたら来るしかない。外にいたのか?」

志村はスーツを着ていたが、坪川はジーンズに半袖のプリントシャツの軽装だ。警察手帳も持っていない。

「夕飯を食おうと近所の牛丼屋に入ったところで連絡がありました。そのまま電車に乗ったので、こんな格好です」

食い損ねたか、と志村が笑った。

「俺も似たようなもんだ。カミさんと飯を食ってたら、係長から電話があった。少し前に着いたばかりだが、お前はホトケと会ったことがあるそうだな」

うなずいた坪川に、事情は聞いた、と志村がジャケットの内ポケットからメモ帳を取り出した。

「椎野正也、五十歳、バー経営、妻と大学生の息子がいる……それは知ってるな? 女房は高校の同級生グループと会うため昼過ぎに、息子は故障したスマホの修理のため、その前に家を出ていた。携帯ショップに三時間、その後は閉館まで区立図書館にいた。家にいたのは正也だけで、夜七時過ぎに帰ってきた女房がリビングで倒れている夫を見つけ、すぐ救急に連絡した」

「はい」

「救急隊員が死亡を確認。外傷がなかったため、病院へ搬送した。その際、警察に連絡を入れている。遺体に違和感があったそうだ。さっき、俺もホトケの顔を拝んできたが、突っ張った感じで、死後硬直とは違う。今、医者が調べているが、あれは毒殺だな」

「毒殺？」

本庁に上がって十年ほどになるが、毒殺はめったに起きない、と志村が言った。

「何の毒かはわからん。農薬か殺虫剤かもしれん。そこは検視の結果待ちだな」

「毒殺なら計画的な犯行ですね」

声を潜めた坪川に、ホシはすぐ割れるさ、と志村がメモ帳をしまった。

「何の毒かわかれば、入手経路を辿る。ガイシャの周辺を探れば、ホシの目星がつく。もっとも、俺の読みが外れていて、心臓発作とか脳溢血かもしれん。それならそれでいい。俺は家に帰るし、お前は牛丼屋だ」

エレベーターの扉が開き、星野が降りてきた。

「遅くなって申し訳ありません。係長の電話に気づかなくて……」

説明してやれ、と志村に肩を叩かれ、坪川は星野の前に立った。慌てて出てきたのか、ネクタイが固結びになっていた。

2

八月十日、午前十時、南四谷署の大会議室に設置された捜査本部で、警視庁捜査一課の穂坂《ほさか》管理官がマイクのスイッチをオンにした。

椎野正也の解剖が終わったのは、深夜二時だった。死因はトリカブト毒による心不全で、胃の中から未消化のチョコレートが見つかっていた。

死亡時刻は九日午後二時から四時前後、とややがさついた声で穂坂が言った。

「トリカブト毒はチョコレートに混入されていた。言うまでもないが、本件は他殺だ」

椎野正也は自宅近くでバーを経営していた、と穂坂が説明を始めた。

「被害者だが、殺された日は深夜一時過ぎに帰宅、変わった様子はなかったと妻は話している。朝は九時に起床、朝食はトースト一枚とコーヒー。こちらは胃の中で消化されていた。午前十一時、大学生の息子がスマホの修理のため四谷三丁目駅近くの携帯ショップ、その後午後二時頃、図書館へ行った。正午過ぎ、妻は高校の友人たちと会うため、恵比寿のレストランに向かった。つまり、十二時以降家にいたのは被害者だけだった。トリカブト毒については後で担当者から説明があるが、二時から四時までの間に被害者が毒入りチョコを食べたのは確実だ。午後七時、妻が帰宅した時、玄関の鍵は開いていた。犯人は家に入り、被害者が毒入りチョコで死亡した後、家を出たと考えられる」

大会議室のスクリーンにドアの鍵の写真が映し出された。サムターン式の一般的な型だ。

「椎野家のインターフォンにはカメラが内蔵されている。鳴ると撮影が始まる」

写真が切り替わり、宅配便会社の制服を着た若い男の顔がアップになった。

「九日午後二時二十分と時刻があるが、制服はタイガー陸送のもので、事情を聞いたところ、通販会社の品を届け、被害者がサインしたことがわかった。なお、箱の中身は妻が注文した化粧品で、事件と無関係だ。これ以降、カメラは作動していない。従って、犯人はドアをノックしたか、外にいた被害者に声をかけ、家に入ったと考えられる」

坪川は回りに目をやった。四十人ほどの捜査員が座っている。誰もが無言だった。

状況を考えると、犯人は被害者の知人の可能性が高い、と穂坂が言った。

「では各班、報告を始めろ。まず現場だが、どうだった？」

リビングのゴミ箱に銀座の白丸百貨店の包装紙が捨ててありました、と南四谷署の若い刑事が立ち上がった。

「箱は見つかっていません。犯人が持ち去ったんでしょう。ゴミ箱に個包装のフィルムが残っていたので、販売店がわかりました。白丸百貨店に出店しているミッシェル・ド・パリの商品で、包装紙の大きさから十個入りの商品と推定されます。同店は若い女性に人気があり――」

グルメ情報はいらないと穂坂が手を振ると、続けます、と刑事がメモに目をやった。

「同店が日本で出店しているのは白丸百貨店だけです。通販もしていませんので、犯人が店舗で購入したのは確かですが、一日平均千個以上の売上があり、販売日も特定できません。包装紙に製造七月三十一日と記されていたので、買ったのはその日以降ですが、八月九日の午前中ということもあり得ます。一週間で七千人以上が購入、店舗に入った者はその数倍でしょう。防犯カメラは店舗全体を写してますが、購入者の顔まではわかりません」

聞き込みはどうだ、と穂坂が薄くなった頭頂部に手をやる。八日の夜十一時頃、と隣の中年の刑事が手を挙げた。

「被害者が経営するバー、ＢＡＳＫＥＴに背の高い男がいた、と常連客の証言があります。三十代後半もしくは四十歳前後、カウンターでビールを飲んでいたので、常連客が見たのは後ろ姿だけ、人相、服装ははっきりしません。三十分後に常連客が店を出た時、男は被害者と話していたそうです。事件との関連は不明ですが、身元の特定に努めます」

隣家の住人によれば、と中年の刑事が報告を続けた。

「九日午後三時頃、買い物に出た際、被害者が庭で洗車をしていたのを見たそうです。また、被害者宅の玄関先に誰かが立っていた気がする、とも話していました。ただ、住人の家からだと被害者宅の玄関先は植え木の陰になるのではっきり見えません。確かではない、と住人も言ってますが、時間を考えると犯人の可能性があります」

「鑑識からの報告は？」

玄関及び三和土に複数の足跡が残っていました、と第三強行犯五係の木口《きぐち》が首をすくめた。

「重なっていたため、犯人の靴は特定不能。室内はカーペット敷きで、足跡、指紋、その他何も検出されませんでした。争った痕跡はなく、犯人が勧めたチョコレートを被害者が食べたんでしょう。また、キッチンの三角コーナーにティーバッグが二つありました。被害者の妻によると、客用のティーカップがひとつなくなっているそうです」

「被害者が紅茶をいれたってことか？」

そうなるでしょうね、と木口がこめかみの辺りをボールペンでつついた。

「先ほどの隣家の住人の証言を合わせて考えると、午後三時前後に犯人が洗車をしていた被害者に声をかけ、家に入ったと考えていいのでは？　顔見知りの犯行です。そうでなければ、被害者も家に入れないでしょう。犯人が持ってきたチョコレートを被害者が食べ、トリカブト毒により心不全を起こして死亡、指紋が残っていると考えた犯人がチョコの箱とティーカップを持って家を出た、そんなところだと思いますね」

「包装紙が残っていたんだろう？」

「風呂敷か何かに包んで渡したんじゃないですか？　包装紙に残っていた指紋は被害者のものだけでした。店舗で購入後、犯人が全体を拭き取ったんでしょう」

犯人が家に入ったのは間違いない、と穂坂がうなずいた。

「だが、テーブルなり何なり、どこかに触れていたはずだ。なぜ、指紋が出てこない？」

指紋が犯罪の証拠になるのは、と木口が言った。

「小学生だって知ってますよ。触ったところは拭き、ドアはハンカチを使って開けたんでしょう。それぐらいの知恵はあったはずです」

「トリカブト毒について説明を頼む」

穂坂の指示に、鑑識員がレーザーポインターをスクリーンに向けた。

「野草採りの際、セリやニリンソウと間違えて摘んだトリカブトを食べ、中毒死する者が毎年数人います。全国の山間部に群生し、園芸店等では観賞用に販売されているので、入手は難しくありません。トリカブト毒の主成分、アコチニンは中枢神経を麻痺《まひ》させ、呼吸不全を起こす強い毒性があり、経口摂取すると一分以内に死亡するケースも報告されています」

半数致死量は体重一キロ当たり二ミリグラムから五ミリグラム、と鑑識員がレーザーポインターをスクリーンの端に向けた。

「被害者の体重は約七十キロですので、三ないし四グラムを経口摂取すれば死亡したでしょう。

例のチョコですが、全体で七グラム、内部にペースト状の生チョコが五グラム入っていました。犯人は注射器で内部の生チョコを吸い出し、抽出したトリカブト毒を混入させたようです。個包装のフィルムが二枚発見されているので、二粒食べたとすると約十グラム……死亡に至るまでの時間は早かったと思われます」

以前、トリカブト毒を使用した殺人事件を担当しました、と木口が手を挙げた。

「アコチニンの抽出には、遠心分離機など必要な機器類があります。素人がそんな物を持っているとは思えません。抽出作業も専門知識がないと難しいのでは？」

それなんですが、と鑑識員が立ち上がった。

「三十八年前、トリカブト毒による保険金殺人事件が起きています。犯人の最終学歴は高卒ですが、外国の論文を参考に独力でアコチニンの抽出に成功しました。理学部、理工学部、医学部、薬学部などで学ばなくても可能なんです。詳細な説明は省きますが、今ではインターネットのダークウェブ経由で検索すると、匿名性を維持したまま情報にアクセスできます。ダークウェブには日本語のサイトもあり、ＵＲＬも貼ってあるので誰でも入れます」

危険じゃないですか、と木口が渋面を作った。

「なぜ、放置しておくんです？」

注意喚起のために紹介している、とトップに記載があるんです、と鑑識員が苦笑した。

「言い訳にもなってませんがね……必要な機器類、抽出作業について手順を詳しく解説しているサイトもあります。機器類は価格まで表示されていて、例えば遠心分離機は最安値で六万円前後、通販サイトで正規に購入できます。専門知識の有無はそれほど関係ないでしょう。購入経路は他にもあり、特定は困難だと――」

調べなきゃわからんだろう、と穂坂が苛立った声を上げた。

「犯人は被害者の顔見知りの可能性が高い。自宅周辺の聞き込み、交友関係を洗ってくれ。言うまでもないが、地取り鑑取りは捜査の基本だ。被害者は元銀行マンで、理系出身の行員もいただろう。強行犯五係と南四谷署刑事係で手分けして、徹底的にやれ」

捜査員が次々に席を立ち、出口へ向かった。星野、と穂坂が名前を呼んだ。

「坪川も来てくれ……古田係長に聞いたが、被害者と面識があったそうだな」

自宅へ行きましたと答えた坪川に、千石の事件絡みか、と穂坂がうなずいた。

「被害者の女房と息子にも会ってるな？　事情聴取を頼む。昨日の夜、南四谷署の捜査員が行ったが、女房の混乱が酷くてほとんど何も聞き出せなかったそうだ。午後一時に二人が来る。前に会っているお前たちなら、話しやすいだろう」

了解しました、と一礼した星野がドアに向かった。この件ですが、と坪川は横に並んだ。

「千石の事件と関係があるんでしょうか？」

まずは二人の話を聞きましょう、と星野が言った。

「コーヒーでも飲んで待ちますか……南四谷署に食堂はあるんですかね？」

さあ、と坪川はエレベーターのボタンを押した。ゆっくりとドアが開いた。

3

午後一時、坪川は星野と南四谷署刑事係の小会議室に入った。立っていた椎野尚子と流夏が揃って頭を下げた。

いつぞやは失礼しました、と星野が椅子を指した。

「どうぞおかけください……お辛い気持ちはわかります。お疲れでしょう。なるべく早く終わらせますので、ご協力いただけますか」

坪川は二人の前にペットボトルのお茶を置き、星野の隣に座った。

椎野さんですが、と星野が口を開いた。

「犯人を家に入れ、紅茶を一緒に飲んでいます。顔見知りの犯行と考えていいでしょう。他の捜査員が交友関係を当たっていますが、正也さんのスマートフォンに残っていた電話番号、メールアドレス、SNS上のやり取り、年賀状や自宅、店の固定電話の通信記録なども調べることになります。その上で伺いますが、正也さんに恨みを持つ者に心当たりはありませんか？」

主人は友人の多い人でした、と尚子が鼻をすすった。

「社交性があって、誰とでもすぐ仲良くなりますし、明るい性格で人と話すのが好きでした。昔の友達と電話で話したり、SNSでの付き合いも続けていました。恨まれるような人ではなかったと思います」

星野が視線を横に向けると、わかりませんとだけ流夏が答え、すぐ口を閉じた。

確かに陽気な方でした、と星野が言った。

「しかし、人間は金が絡むと変わります。金の貸し借りがあった、誰かの保証人になった……何かご存じでは?」

借金はありません、と尚子が首を振った。

「今の家は主人が銀行を辞める前の年にローンで購入しました。銀行マンだったので、金利の低いローンを組むことができたんです。五年ほど前、亡くなった主人の父親がまとまったお金を残してくれたので、それでローンは終わりました。車は中古ですし、貯金も五、六百万円ほどあります。お金のトラブルなんて、考えられません」

店はどうですか、と尋ねた坪川に、あの店はもともと喫茶店だったんです、と尚子が言った。

「三十年ほど前、東口《ひがしぐち》さんという方が始めて、銀行を辞める一年ほど前、物件を探していた時、どなたかの紹介で主人が東口さんと会ったのを覚えています。月十万円で借りていますけど、固定資産税さえ払えればいい、と東口さんは話していたそうです」

「四ッ谷で月十万円は安いですね……東口さんの連絡先はわかりますか?」

三年前に亡くなりました、と尚子が顔を伏せた。

「わたしは店をオープンした時に一度お会いしただけですが、その頃で七十歳を超えていたと思います。東口さんが亡くなった後は、弟さんに賃料を払っていました」

あなたは店の従業員になっています、と星野が株式会社BASKETの定款《ていかん》のコピーを机に置いた。

「社長が正也さんで、社員は奥様だけです。給料は毎月二十万円。よくある話ですが、税金対策でしょう。それはいいのですが、あの店は週に三日しか営業してませんね？　失礼ながら、奥様に年で二百四十万円を支払えるほど、お客さんが来てたようには見えませんでしたが……」

わたしは名前だけの従業員なので、と尚子が苦笑した。

「経営のことはわかりません。青色申告も主人がしていました。でも、それなりにお客さんはいたんじゃないでしょうか。黒字だと税金が大変だとか、そんなことを話していたのを覚えています」

税務署に確認しましたが、開店して十七年、毎年の売り上げ申告は七百万円から八百万円だったそうです、と星野が別の書類を差し出した。

「節税と脱税の間、と税務署員が話していましたが、私は警察官ですので、そこに関心はありません。ただ、奥様の給料として二百四十万円を渡すと、残りは五百万円前後です。お酒などの仕入れ、光熱費、毎月の賃料、住民税や健康保険料を支払うと、手元にはほとんど残らなかったのでは？」

二百四十万円は夫婦のお金でした、と尚子が言った。

「銀行ではハードワークが続いて、それが嫌で辞めたんです。あくせく働くより、のんびり暮らしたいと口癖のように言っていました。休みの日は朝から晩までテレビでスポーツ中継を見ているだけで、贅沢をするわけでもなく、お金のかかる趣味もありません。お金を貯めようとか、そんな風には考えない人だったんです」

ご自宅に伺った時、ツケを払わない客がいると椎野さんは話してました、と星野が質問を続けた。

「西日暮里の豊田さん……そんな名前でしたね？　何度も催促したそうですから、十万円、もっと多かったのかもしれません。他にもそういう客がいたのでは？　ＢＡＳＫＥＴぐらいの店ですと、十万円は大きいでしょう。トラブルの種になっても不思議ではありません」

あの人は店のことを家ではほとんど話さなかったので、と尚子がペットボトルに口をつけた。

「でも、そういうお客さんは他にいなかったと思います」

聞き辛い質問ですが、と星野が口をへの字にした。

「女性関係はどうでしょう？　お会いした時、明るくて話しやすい方だと思いました。浮気とは申しませんが、過去に交際していた女性について、聞いたことはありませんか？」

いいえ、と顔をしかめた尚子に、良くない別れ方をしたとか、と星野が声を低くした。

「犯人はチョコレートに毒物を混入させ、正也さんを殺害しています。毒殺犯に女性が多いのは統計上の事実です。正也さんを恨んでいた女性が殺害を企てた……どう思いますか？」

学生の頃はともかく、銀行に勤めてからは何もありません、と尚子が言った。

「主人は渋谷支店にいて、わたしは一年後輩でした。入行してすぐ、渋谷支店で新人研修がひと月ほどあって、その時に知り合ったんです。わたしは八王子支店に配属されましたが、その年の暮れに付き合うように……結婚したのは二十五歳の時です。大学を卒業するまで、お付き合いしていた女性がいたそうですけど、仕事が忙しくなって別れたと聞きました」

「その方の名前はご存じですか？」

知りません、と尚子が深いため息をついた。疲れているのが坪川にもわかった。

学生の時、わたしも付き合っていた人がいました、と尚子が小声になった。

「でも、主人とはそういう話をしませんでした。昔のことを言い出したら、きりがありませんし……」

いろいろありがとうございました、と星野が頭を下げた。

「今日のところはお帰りいただいて結構です。またお話を伺うことになるかもしれませんが、よろしくお願いします」

尚子が流夏と小会議室を出て行った。

ぼくも犯人は女性だと思います、と坪川は口を開いた。

「過去に関係があった女性か、バーの常連客と浮気でもしていたのでは？　椎野さんは遊びのつもりだったけれど、女性の方は本気で、奥さんと別れる気がないとわかり、それを恨んで殺したとすれば筋は通ります」

冴えてますな、と星野が軽く手を叩いた。

「浮気はしていない、と奥さんが話してましたが、椎野さんは頭のいい方です。感づかれるようなへまはしなかったでしょうな。しかし、どうやって探せと？」

ＢＡＳＫＥＴの常連客を当たれば何かわかるかもしれません、と坪川は言った。

「穂坂管理官に話して、聞き込みの許可を取りましょう」

いい考えです、と星野が小会議室のドアを開けた。

4

事件から十日が経った。その間毎日捜査会議が開かれ、各担当から報告があったが、捜査に大きな進展はなかった。

毒殺事件では、まず毒物の鑑定が行われる。入手経路が判明すれば、ほとんどの場合犯人を逮捕できる。

捜査本部詰めの四十人のうち、二十二人が聞き込みを始めていたが、トリカブトは枝や葉、花に至るまで、全草に毒成分がある。

開花は七月から十月。八月から九月が最盛期とされ、東京都内でも奥多摩などで野草として群生している。採集は容易だ。

加えて、観賞用に花屋、園芸店、ホームセンター等で販売されている。通販でも購入可能、と報告があった。

都内でトリカブトを扱っている店は数え切れない。購入時の身分証明も不要で、店は販売記録すら取っていない。犯人どころか、購入した店舗の特定もできないままだった。

捜査本部はトリカブト毒からの犯人特定を不可能と判断し、椎野正也の交友関係の捜査に重点を置くと方針を変更した。

だが、本人のスマートフォンに登録されている番号は約千件、デスクの引き出しから見つかったメモリーカードに二千人以上のメールアドレスがあり、他に未整理の名刺が約五百枚あった。

立慶大学経済学部を卒業した椎野はCIU銀行に就職し、渋谷支店に配属された。支店内で何度か異動があったが、キャリアのほとんどは融資課だった。

人と会うのが銀行マンの仕事で、残っている電話番号や名刺だけでは関係性がわからない。連絡が取れない者も大勢いた。

大学の成績はともかく、社交性があって顔が広い男だった、と学生時代の友人たちは話している。それは銀行マン時代の同僚も同じだ。

SNSを通じて数千人と繋がり、バーの宣伝をメインに、一日数回の頻度で発信を繰り返していた。

フォローしているのは約五千人、フォロワーもほぼ同じ数だ。交友関係の広さと人数の多さが壁となり、捜査は暗礁に乗り上げていた。

チョコレートにトリカブト毒を混入させていた手口から、女性による犯行を疑う声が捜査員から上がり、過去の女性関係を調べたが、収穫はなかった。

捜査の早い段階で、星野が千石の織川事件で椎野の息子である椎野流夏が現場付近にいたこと、彼に事情を聞いたことを椎野の経歴を含めて報告したため、捜査本部内で情報が共有されたが、事件の性格が違うため、流夏は関係ないという雰囲気が流れていた。

それは捜査を指揮する穂坂も同じ意見だったが、坪川と星野は生前の椎野正也と会い、BASKETにも足を運んでいる。坪川の意見が通り、店でボトルをキープしていた常連客の聞き込みを担当することになった。

八月中旬、猛暑の中、バーがある左門町を歩き続け、十人ほどの常連客と会った。ほとんどが顔見知りなので、一人を訪ねると、次の一人を紹介された。その点では楽だった。

そして今日、八月十九日夕方四時、坪川は四谷三丁目のマンションのインターフォンを押した。すぐにドアが開き、入んなよと白髪頭の男が顔を出した。

宝生竣介《ほうしょうしゅんすけ》、七十二歳。マンションの一階にあるコンビニのオーナーだ。

名前だけだよ、とお茶をいれた宝生がリビングの椅子にちょこんと座った。

「親父の代から酒屋で、昔はここに店があったんだ。二十年前、親父が死んだ時、相続税とかいろいろあって、不動産屋に売ってマンションにしたわけ。その時はまだ酒屋だったけど、息子がうるさく言うから、六年前にコンビニに変えたの。息子に社長を任せて、俺は隠居よ。もういいでしょ、楽させてよって。あんたらのことは藤原さんから電話があったけど、ずいぶん遅かったね」

二時間ほど前、BASKETの常連客、藤原《ふじわら》を訪ねると、宝生の名前が出た。藤原が電話を入れ、警察が行くと伝えたが、そこから長話が一時間以上続き、宝生の家を訪ねるのが遅くなっていた。

そのことを詫びると、

「いいんだよ、こっちは時間が余ってるんだから」

お茶でも飲みな、と宝生が顔中に皺を浮かべて笑った。

「悪いね、カミさんが一昨年死んじまったから、何にもできなくてさ」

とんでもありません、と星野がお茶をひと口飲んだ。酷い話だよ、と宝生が憤慨《ふんがい》したように言った。

「十五年ぐらい前、椎野さんが店を始めた時、うちはまだ酒屋だったから、仕入れとか面倒見たのよ。水商売は初めてだって言うし、歩いて十分もかかんないから、じゃあ世話してやるかって。間に入ったのはうちの客で、椎野さんが銀行に勤めていた時に知り合ったって言ってたな。あそこは昔〝くすの木〟って喫茶店だったんだ。もう死んじゃったけど、東口さんって人がやってたんだよ」

「椎野さんの奥さんに聞きました」

「東口さんは俺より十ほど上だったな。あの店になる何年も前から開店休業よ。だから安く借りられたって聞いた」

「あなたとは仕事上の付き合いだったんですか？」

最初だけだよ、と宝生が歯茎を剝き出しにして笑った。

「仕入れ先を紹介したり、保健所に話を通したり、そんな感じだった。だけど、あんな小さな店だと、酒を卸《おろ》したってたいした金にならないんだよ」

「そういうものですか」

そういうもんだよ、と宝生が座り直した。

「オープンの時は大変だったよ。地下室にビールやウイスキーのボトルを運び入れてさ。椎野さんの息子はまだ五歳ぐらいで、その辺をうろちょろしてたよ。危ないから外に出して、俺は子守だよ。その分、うちの長男がこき使われてた。おいおいって話だけど、そういうのがうまい人だったんだよ」

壁に棚を作って、そこに酒瓶を並べるとずいぶんすっきりしたけどね、と宝生が回りを見渡した。

「椎野さんは話も上手いし、面白いし、愛想もいいからさ、商売抜きで付き合ってた。俺は酒好きだし、あの店は居心地がいいんだ。ビール一本で何時間粘っても、文句言われないからね。チャージ千円、ビール千円、それだけで閉店までいたこともある。毎回じゃないよ、ボトルだってキープしたし、その辺は礼儀ですよ」

事件の後、店に行きました、と坪川は言った。

「カウンターが六席、四人掛けのテーブル席が二つ、十四、五人で満席ですよね？」

客は少なかったよ、と宝生が笑った。

「週に二回は通ってたけど、カウンターが埋まるぐらいだった。店が客でいっぱいになったのは見たことないね。椎野さんが一人で回してたから、ちょうど良かったんじゃない？　ただ、商売は下手だったな」

「下手？」

食い物のメニューもないしさ、と宝生が下唇を突き出した。

「乾き物しかねえんだもん。酒飲みじゃなきゃ、二度目はないね。俺だって近所じゃなかったら行かなかったよ。椎野さんの人柄で何とかなってたんだと思うね。しかし、毒殺ってのは惨いよな。どうなの、犯人は捕まったのかい？」

それならこちらにお邪魔しておりませんと星野が言うと、違《ちげ》えねえ、と宝生がおどけて自分の額を叩いた。

「星野さんだっけ？　あんた、面白いこと言うね」

煙草をくわえた宝生がライターで火をつけた。

「あそこがなくなると困るんだよな。この歳になると、新しい店って言われてもさ……椎野さんが殺されるなんて、思ってもなかったよ。藤原さんもそう言ってただろ？　俺でよけりゃ、何でも話すよ。このマンションにも常連客が二人いる。会ったかい？」

これからですと答えた坪川に、役に立つとは思えんけどね、と宝生が天井に向かって煙を吐いた。

「椎野さんはいい人だった。大学はお情けで卒業したとか、かなり遊んでたって聞いたけど、人間ってのは成績じゃないからね。あの人は働くのが嫌いでさ、いきなり休んだりするのが玉に瑕だったね。木曜から土曜営業だから、やってると思って行くと、本日お休みしますって紙が貼ってあったりさ……困るんだよな、その気になってるんだから、飲ませろよって」

当てが外れると困ります、と星野がうなずいた。逆に日曜でも店を開けたりさ、と宝生がくわえ煙草のまま言った。

「休みのはずなんだけど、明かりがついててさ、話し声が聞こえたから後で聞いたら、大学の同窓会で貸し切りにしてたって言ってたな。碁会所の帰りに通ったら、日曜なのに何人か客がいたこともあったよ。まったくなあ、いい人ほど早死にするって言うけど、あれは本当だね。あんたらも頑張んな。犯人を取っ捕まえないと、椎野さんも成仏できねえよ」

努力しておりますと言った星野に、あんたのその喋り方は癖かい、と宝生が顔を覗き込んだ。

「まだ五十になっちゃいねえだろ？　噺家《はなしか》みたいだね……そんなこたあどうでもいいか。毒殺なんだろ？　新聞にも載ってたよ。うちの古い客におまわりがいてさ、昔の女にやられたんじゃねえかって言ってた。椎野さんは男前だし、泣かせた女もいただろう」

「そうかもしれませんな」

「だけど、脇が甘いよな。昔の女が家に来て、上がれよって言うかい？　手土産ですってチョコを渡されても、俺なら食わないね。気味が悪いだろ」

確かに、と坪川はうなずいた。人の好さが裏目に出たのかね、と宝生が煙草を灰皿でもみ消した。

「断わったら悪いって思ったんじゃないの？　そういう人だったよ」

小一時間ほど話を聞いたが、収穫はなかった。マンションを出たのは五時前だった。

椎野さんは評判のいい方ですな、と星野が言った。

「十人ほど常連客と話しましたが、悪く言う人はいませんでしたね」

女性客はほとんどいなかったようです、と坪川はマンションを見上げた。そうでしょう、と星野がうなずいた。

「女性が一人でふらっと入るような店ではありません。常連が溜まっている店には入りにくいものです。女性客が犯人という線は捨てた方がいいでしょうな」

「犯人は女性じゃないと？」

そうは言ってません、と星野が歩きだした。

「犯人が男性なら、チョコレートではなく、別の何かに毒を仕込んだでしょう。ドラ焼きでも饅《まん》頭《じゅう》でもいいんです。椎野さんに渡すのも、その方が自然ですな。間違いなく犯人は女性です」

学生時代の交際相手が二人見つかったと聞きました、と坪川は言った。

「ですが、二十五年以上前の話です。今になって椎野さんを殺すとは思えません。銀行に入ってからは、奥さん以外の女性と付き合っていなかったようです」

そこはわかりませんな、と星野が小石を蹴った。

「男女の仲は永遠の謎ですよ。結婚している女性行員と不倫していたら、誰にも言わないでしょう。ただ、それもまた十五年前です。宝生さんも言ってましたが、長い間会っていなかった不倫相手が突然現れたら、私なら逃げ出しますな。何をされるかわかったもんじゃありません。ましてや、家に入れるなんてあり得ませんな。ホラー映画なら間違いなく殺されます」

映画の話はしていません、と坪川はため息をついた。

「どうします？　まだ何人か常連客が残ってますが」

もう十分でしょう、と星野が言った。

「それより、改めて奥さんと流夏くんの話を聞いてみたいですな」

「何を聞くんですか？」

わかれば苦労しません、と星野が歩を進めた。夕陽が四ツ谷の街を照らしていた。

5

九月に入っても、暑い日が続いていた。二日の月曜日、織川事件の捜査状況を係長の古田に報告するため、坪川は本庁に直行した。

そろそろ戻ってきたらどうだ、と会議室で並んだ坪川と星野に古田が言った。

「継続捜査も重要だが、椎野正也殺しもうちで預かったから、人手が足りない。二月の事件はマスコミもほぼ忘れているが、先月起きたばかりの事件はそうもいかない」

申し訳ありません、と頭を下げた星野に、こっちも大変なんだ、と古田がカバンから取り出した新聞を手渡した。

「トリカブト殺人の犯人はまだ逮捕されないのか……新聞、テレビ、ネット、どこも警察批判ばかりだよ。記事は読んだか？　警視庁の捜査能力の劣化、ときた。犯人を逮捕できていないんだから、何を書かれても仕方ないが……」

どこにそんな記事が、と星野が中面を開いた。社会面だ、と古田が顔をしかめた。

「常識じゃないか。どこを読んでるんだ？」

これを、と星野が囁いた。坪川が横から覗き込むと、開いた紙面の右側を青い鳥の絵が占めていた。『文部科学省主催　全国学生絵画コンクール高校の部最優秀賞受賞作』と下に文字があった。

カワセミですね、と坪川は絵を指さした。

「愛知にいた頃、バードウォッチングに誘われて、何度か行きました。サイズは小さいですけど、青い羽が鮮やかなので、素人でも見つけやすいんです」

今年度、高校の部で最優秀賞を受賞したのは、と星野が記事を読み上げた。

「東京都の私立神代高校の二年生、織川詩音さん。昨年の優秀賞に続いての快挙とあります」

彼女ですか、と坪川は記事に目をやった。

「高校の担任……美術の先生がコンクールの話をしてませんでしたか？」

星野が紙面を指でさした。

「去年もこのコンクールはあったようです。ネットに記事が残ってますか？」

「あると思いますよ。それが何か？」

お前たちは平和でいい、と古田が足を組んだ。

「警察が叩かれているのに、絵の話か？　羨ましいよ……さっさと報告を始めろ。こっちは忙しいんだ」

坪川さんに任せます、と新聞紙をきれいに畳んだ星野が会議室を出て行った。何だあいつは、と古田が机を叩いた。

6

九月三日の放課後、洋美は美術室に向かった。二学期が始まって最初の部活日だ。

ドアを開けると、十人の部員がキャンバスの上で絵筆を動かしていた。

遅れてごめん、と洋美は手を軽く合わせた。

「職員会議が長引いて……言い訳は駄目よね。いいから続けなさい」

はい、といくつか声が重なった。洋美は部員たちの後ろに立ち、順に絵を見て回った。

一学期、最後の部活で描き切れなかったミニチュアの城が課題だ。陰影や立体感を学べるので、美術の授業でも使っていた。

全員、鉛筆の下絵は終わっていた。その上から水彩絵の具で色をつけるが、明るい色から塗っていくのが基本で、それは洋美も教えていた。

最後に足を止めたのは詩音の背後だった。二年生になってから、詩音は絵のレベルを上げ続けていた。

六月の終わり、絵画コンクールに出品したカワセミの絵を見た時は、もう教えることがないと天を仰いだほどだ。

『再生』とタイトルをつけたその絵はコンクール用に描いた作品で、題材を選んだのは詩音だった。

土日に明治神宮へ通い、ひと月半ほどで完成させた。生命の存在をそのまますくい取ったような絵に、どれほど驚いたかわからない。

コンクールでは最優秀賞を獲る、と確信していた。あれだけ素晴らしい絵を描ける高校生はいない。美大生でも、詩音と肩を並べる者は数人だろう。

センスやテクニックは最初から並外れていたが、詩音の絵にはどこか窮屈な印象があった。内向的な性格のためか、無意識のうちに枠を決め、そこからはみ出さないようにしているようだった。

精神面の問題だから、教えて変わるものではない。だが、四月頃から詩音はその殻を破り始めた。解き放たれた才能が眩しかったほどだ。

その到達点が『再生』だった。そして、これからも詩音は階段を昇り続ける。

美術教師というより、絵画を愛する者として成長を見届けたい。それが洋美の願いだった。

「どうしたの？」

思わず、洋美はキャンバスを覗き込んだ。詩音が城のスケッチに色を乱暴に重ねていた。水彩絵の具には滲み止めの処理がされているが、次々に色を塗っているので、ひとつひとつの色がぼやけていた。小学生の悪戯《いたずら》描きと同じだ。

赤、青、黄、緑、紫、茶、ひとつの色を塗っては、次の色を足していた。周りにいた部員たちが手を止め、あっけに取られたように見つめている。キャンバスから色が溢れ、収拾がつかなくなっていた。

詩音が洗わないまま絵筆をケースに突っ込んだ。何があったの、と洋美は詩音の手を取ったが、ただ笑みを浮かべただけだった。

どうしていいのかわからないまま、洋美は絵を見つめた。最後に塗った黒がキャンバスに広がっていた。

7

お構いなく、と坪川は頭を下げた。麦茶の入ったグラスをテーブルに置いた椎野尚子が向かいの椅子に腰を下ろした。糸の切れた操り人形のような座り方だった。

隣の椅子に座っている流夏が坪川と星野を見つめた。目の底に苛立ちがあった。

ひと月経ちましたな、と星野が口を開いた。

「改めて、お悔やみ申し上げます」

尚子は何も言わなかった。捜査は進んでるんですか、と流夏がテーブルを強く叩いた。

「犯人が逮捕されたのならともかく、家に来るのは止めてください。父はこのリビングで殺されたんです。嫌なことを思い出すだけじゃないですか」

お気持ちはわかります、と星野が言った。

「捜査が進んでいないのは警察の責任で、申し訳ないと思っております。以前、こちらにお邪魔した時、お父さんと話しましたが、まさかこんなことになるとは……」

流夏くん、と坪川は口を開いた。

「ぼくたちは君のお父さんの事件を調べているけど、同時に千石の事件も担当している。お父さんの死でショックを受けたのはわかる。でも、強盗に殺された織川さんにも娘がいた。その悲しみは君が誰よりもわかるんじゃないか？　彼女のために、協力してほしい。何か思い出したことがあれば……」

あるわけないでしょう、と流夏が坪川を睨んだ。

「二月半ばの事件のことなんか、覚えてませんよ」

「具体的な何かってことじゃなく、もう一度考えてほしいんだ」

余計なことは話すな、と父に言われてました、と流夏がうんざりしたように唇を曲げた。

「はっきり何かを見たならともかく、いいかげんなことは言うなって……ぼくもそう思ってますよ。余計なことを言ったら、刑事さんたちも混乱するでしょう？」

「確かにそうだ」

「あの夜は雨が強くて、早く帰りたい、それしか頭になかったんです。思い出せって言われても無理だし、考えるだけ無駄ですよ。覚えていないものは覚えてません」

そこは協力していただきたいですな、と星野が笑みを浮かべた。

「あの事件に関しては、私たちも手詰まりが続いています。不確かでも構いませんから、何か、あるいは誰かを見たなら、話してもらえませんか？」

しばらく考えていた流夏が、走っていた男がいました、と低い声で言った。

「千石線でぼくを追い抜いていったんです。傘は持っていなくて、三十歳ぐらいの痩せた男でした。でも、怪しいとか、そんなことを言ってるわけじゃありません。変な感じがしただけです」

妙な男ですな、と星野が額に指を押し当てた。

「傘も差さずにあの雨の中を走っていた……身長や服装はどうです？　顔の特徴は覚えてませんか？」

いいえ、と流夏が横を向いた。そうでしょうな、と星野がうなずいた。

「あなたを追い抜いたんですから、顔は見えなかったはずですし、覚えていないのも無理ありません。何か思い出したら教えてください……さて、今日お邪魔したのは椎野さんについてお聞きするためです」

どういったことでしょう、と尚子がほとんど聞き取れないほどの小さな声で言った。

「主人のあんな姿を見てから、ずっと気分が悪くて……あの日のことは全部話しました。まだ聞くことがあるんですか？」

先日、椎野さんの女性関係についてお尋ねしました、と星野が麦茶のグラスに触れた。

「調べたところ、椎野さんの周辺にそういう女性はおりませんでした。しかし、ストーカーは相手の都合を考えません。一方的に好意を寄せる女性がいてもおかしくないんです。勝手に好意を押し付けられたが、迷惑に思った椎野さんは断わった。逆恨みした女性がご主人を毒殺した……ない話ではありません」

「わかりますけど……」

「はっきりしているのは、女性がこの家を訪れ、ご主人がリビングに入れたことです。普通に考えれば、顔見知りですな。赤の他人を家に入れて、紅茶をふるまう人はいません」

「それは……そうだと思います」

学生時代や銀行の知り合い、と星野が指を折った。

「真っ先に思い浮かぶのはそういう女性ですが、男であれ女であれ、十年以上前の知り合いが突然現れたら、誰でもおかしいと思います。家に入れたのは、最近も会っていたとか、親しくしていた人だからでしょう」

「はい」

「大ざっぱな言い方になりますが、この一年ほどで親しくなった女性に心当たりはありませんか？　店の客ではない、とわかっております。いろいろ考えましたが、奥さんのお友達かもしれません」

「わたしの友達？」

あるいはご親戚、と星野が麦茶をひと口飲んだ。

「バーが開店する夜七時まで、椎野さんはこの家でスポーツ中継を観戦していることが多かった。そうですね？　奥さんのお友達、ご親戚が来たこともあったのでは？　オープンマインドな性格だった、と多くの方が話しています。初対面でも、どうぞお入りくださいとおっしゃったのでは？」

心当たりはありません、と尚子が顔を伏せた。

「学生の頃の友人が家に来たことはないんです。親戚と言われても、年に一、二度わたしの両親、それと主人のお母様、同居しているお義兄《にい》さん夫婦が来るぐらいで……」

「ご近所の方はどうでしょう？」

「挨拶ぐらいはしますけど、家に行くとか来るとか、親しくお付き合いしている方はいません」

ではもうひとつ、と星野が指を一本立てた。

「椎野さんは犯人を家に入れ、一緒にリビングで紅茶を飲んでいます。保険や銀行のセールスの人が来ても、そんなことはしないでしょう。そして、犯人は椎野さんに毒入りチョコを食べさせた後、ティーカップとチョコの箱を持ち出しました。他に盗まれたものはありませんか？」

「それは他の刑事さんにも聞かれました。確認しましたけど、ないと思います」

犯人が殺そうとしたのは、と星野が尚子と流夏を交互に見た。

「椎野さんだけでしょうか？　奥さん、流夏くん、ご家族全員だったのかもしれません。犯人が持ってきたチョコレートは十個入りで、美味しいと評判だそうですが、一気に十個食べる人はいないでしょう」

「あの、つまり……わたしと流夏も主人と一緒にチョコを食べると犯人は考えていた、そういうことですか？」

犯人はこの家を訪れ、椎野さんにチョコレートを渡したと思われます、と星野が言った。

「奥さんの遠縁と偽ったとすれば、椎野さんも知らん顔はできません。せっかく来たんだから上がっていってくださいと言ってもおかしくないでしょう。下手な断わり方をすれば疑われますから、犯人は椎野さんと二人で紅茶を飲むしかなくなり、そこで予想外の事態が起きた。椎野さんがチョコレートの箱を開け、その場で口に入れたんです」

「まさか……」

止める間もなかったでしょうな、と星野が顔をしかめた。

「本当の狙いは奥さん、あるいは流夏くんだった可能性もあります。個人差はあるでしょうが、チョコレートを好むのは女性、子供、男性の順です。流夏くんは大学生ですから、子供と言うと違うかもしれませんが」

ここにチョコレートの箱があれば、と星野がテーブルの中央を指した。

「奥さんが最初に手を伸ばしてもおかしくありません。むしろ、その方が自然でしょう。犯人の狙いが奥さんなら、捜査の方向が変わります。前置きが長くなりましたが、あなたを殺したいほど憎んでいる、恨んでいる者に心当たりはないか、それを伺いたかったんです」

口に手を当てた尚子がシンクに駆け寄った。失礼しました、と申し訳なさそうに星野が声をかけた。

「不快に思われるのは無理もありません。それもあって、遠回しに話したつもりでしたが……」

帰ってください、と流夏が低い声で言った。

そうした方がよさそうですね、と頭を下げた星野が玄関へ向かった。背後から尚子がえずいているのが聞こえた。

坪川も星野に続いた。捜査会議でも意見が出てましたが、と坪川は玄関のドアを開けて外に出た。

「犯人が奥さんを狙っていた可能性はありますね。それとも、家族三人を殺すつもりだったんでしょうか？」

あれは思いつきです、とあっさり言った星野が閉まった玄関のドアに目をやった。

「理屈では成立しますが、現実にはあり得ません。また話を聞きに来るための口実ですよ」

「口実？」

星野は答えなかった。流夏くんですが、と坪川は声を落とした。

「織川さんが殺された夜、千石線で不審な男を見たと話してましたね」

人間の記憶力は不思議ですな、と星野が微笑んだ。

「半年前のことを突然思い出すんですからな……探してみたらどうです？　三十歳前後の痩せた男だそうです。私は遠慮しますが」

「なぜです？」

いない男を探すほど暇ではありませんので、と星野が歩きだした。

8

校長室のドアが開き、詩音が入ってきた。

立ち上がった校長の佐久間が拍手した。洋美は座ったまま、二人を交互に見た。

「織川さん、最優秀賞おめでとう！」

座りなさい、と佐久間がソファを指さした。

「東洋新聞社から連絡が来たのは先週の水曜で、ちょうど私が出張中だったんでね……私から伝えたい、と金原先生に頼んだんだ。去年の優秀賞に続き、今年は最優秀賞。記者に聞いたけど、そんな例はないそうだ。これは快挙だよ。学校としても誇りに思って――」

校長先生、と洋美は囁いた。大人気ないのはわかってる、と佐久間が大きく口を開けて笑った。

「だが、本当に嬉しくてねえ……神代高校のモットーは文武両道で、進学校として知られているし、スポーツも盛んだ。しかし、芸術の分野はそこまでじゃない。この機会に、情操教育の大切さを生徒たちに伝えたいんだよ。来週、事務局から絵が戻ってきたら、エントランスホールに飾っても構わないね？　その後、改めて学校として表彰するつもりだ」

あまりおおげさにしない方が、と洋美は言った。

「テレビや雑誌、取材の申し込みがいくつも来てますけど、慎重に対応するべきだと思います。これがゴールではありません。今後も彼女は絵を描き続けます。校長先生のお気持ちはわかりますが……」

厳しいね、と佐久間が苦笑した。

「私としては大々的にアピールしたいんだよ。神代高校は芸術関係も強いってね。マスコミ対策は我々の仕事だ。確かに、悪目立ちはまずいが、去年、野球部が地区大会で優勝した時、トロフィーを飾ったり、特別表彰しただろ？　あれと同じだよ。織川さん、どう思う？　嫌なら断わってもいいが……」

どっちでもいいです、と詩音が言った。どこか醒めた声に洋美は佐久間と顔を見合わせた。

失礼します、と立ち上がった詩音が校長室を出て行った。しばらく沈黙が続いた。

燃え尽き症候群かな、と佐久間が口をすぼめた。

「全国のトップに立ったら、次の目標がなくなる。モチベーションを保つのは難しい……わからなくもないが、将来の日本画壇を背負って立つ逸材、と審査員の評価も高かった。あの子の才能を潰すわけにはいかない。そうだろ？」

天才は気まぐれです、と洋美は小さく息を吐いた。

「理由もなく挫折する者を、何人も見てきました。詩音はまだ十六歳で、思春期の女の子の気が変わりやすいのは校長先生もご存じですよね？　プレッシャーが苦痛で辞める者もいます。静かに見守るべきでしょう」

しかしね、と佐久間が洋美の肩を軽く叩いた。

「君が考えているより名誉なことだよ。何もしないわけにはいかないじゃないか。とにかく、東洋新聞の取材のスケジュールを決めよう。後はまた考えればいい」

洋美はメモ帳を開いた。いつがいいかな、と上機嫌で佐久間が言った。

9

事件からひと月が経った。何もわからないままだ、と坪川はつぶやいた。

椎野正也を殺害した犯人の目撃証言はなく、何よりも動機を持つ者がいなかった。

トリカブト毒についてもインターネットのダークウェブに抽出方法の正確な記載があり、それを参考にすれば自宅の部屋でも製造可能とわかった。

一週間ほど前から、愉快犯による犯行、と捜査会議で意見が上がっていたが、そうとしか考えられないほど、捜査は行き詰まっていた。

坪川は正也の高校、そして大学時代の友人に会い、話を聞いたが、パソコンやカメラから野球、サッカーに至るまで趣味の幅が広く、その分付き合いが多いことが判明しただけだ。

南四谷署に設置された捜査本部のデスクで椎野正也の資料に目を通していると、紙コップを両手に持った星野が近づいてきた。

「コーヒーでもどうです？　休憩も必要でしょう」

すいません、と紙コップを受け取った坪川の隣に星野が座った。愉快犯による犯行という見方ですが、と坪川はコーヒーに口をつけた。

「星野さんはどう思いますか？　ここ数年、人が死ぬところを見たいという理由で殺害に及ぶ事件がいくつか起きていますが、今回の犯人も同じでは？」

「そう考える理由は何です？」

椎野さんの身上調査の結果です、と坪川はデスクの資料に目を向けた。

「学生時代の友人、銀行の同僚、バーの常連客、二百人以上に話を聞きましたが、金銭トラブル、痴情のもつれ、怨恨、何であれ動機はありません。高校や大学の友人によれば、成績こそ良くはなかったけれど、人好きのする男で、友達も多かったそうですから、恨みを持つ者は考えにくいでしょう。愉快犯もしくは快楽殺人犯なら、動機がなくても人を殺します。そこは考慮すべきだと……」

何であれ絶対はありません、と星野が言った。

「犯人像として愉快犯はあり得ますな。しかし、それならチョコレートの箱を送るだけでよかったのでは？　犯人は椎野家を訪れ、自分の手でチョコレートを渡しています。目の前で人が死ぬところを見たかったんでしょうか？」

「愉快犯だとは思っていないんですか？」

八月九日は猛暑日でした、と星野が顔を手で覆った。

「気温は三十五度……夕方まで外出する者が少ないと犯人は考えたのかもしれませんが、誰かが椎野家の玄関の前に立っていた、と隣人が話していたでしょう？　目撃者がいても、おかしくなかったんです。しかし、犯人はトリカブト毒の抽出など、周到に準備していたようです。誰でもいいから殺したかったなら、刺殺でも絞殺でも、もっと簡単な方法を選んだのではありませんか？」

「……織川事件で、星野さんが流夏くんを疑っているのはわかってます。今回の父親殺しも彼の犯行だと？」

あり得ません、と星野が首を振った。

「彼にはアリバイがあります。携帯ショップ、図書館、どちらも防犯カメラに写り、店員や司書の証言もあります。犯人は別にいるんです……ひとまず、それは置いておきましょう。私は、椎野さんの経歴を詳しく調べてみました。なかなか興味深いですよ」

何かわかったんですかと尋ねた坪川に、あの人は一浪で立慶大学の経済学部に入学しています、と星野が紙コップをデスクに置いた。

「卒業後、トップクラスのメガバンク、CIU銀行に入行しました。しかし、あそこは国立大学や有名私大の採用枠がほとんどを占めています。建前はともかく、学歴重視の風潮は根強く残っていますよ。椎野さんの同期に立慶大学出身者はいません。そして、入行後すぐ渋谷支店に配属されております。よほど期待されていたんでしょうな」

「どういう意味です?」

あの銀行では新入社員を地方の支店に配属します、と星野がポケットから取り出したメモ帳を開いた。

「三年ほどは行ったきりで、成績によってその後の支店や部署を決めるそうです。最初から渋谷のような大きな支店に回されるのは珍しい、と聞きました」

「誰がそんなことを?」

CIU銀行の常務です、と星野が答えた。

「わたしにもコネぐらいありますよ。常務の話では、数こそ少ないが、毎年四、五人はいるそうです。大企業の社長の息子なら、人事部だって配慮せざるを得ません。世の中、これだけ忖度が流行ってるんですから、銀行だけ例外ってことはないでしょう」

「皮肉は止めてください」

ですが、椎野さんに太いコネはありません、と星野が話を続けた。

「彼の父親は茅ヶ崎の郵便局員で、銀行内に大学の先輩はほとんどいませんでした。一年目は窓口担当でしたが、翌年、融資課に移っています。基本的には本店の仕事ですが、都内の大きな支店には融資課があるんです。大口顧客の融資業務担当になったのは、当時の渋谷支店長が決めたようですね」

「銀行の人事ってそんな感じなんですか？　ずいぶん恣意的《しいてき》というか……」

本行でも妙だと思った人がいました、と星野が肩をすくめた。

「椎野は支店長の隠し子じゃないか、そんな冗談混じりの噂もあったそうです」

「強引な人事ですからね」

大口顧客の融資業務では大金が動きます、と星野がうなずいた。

「入社二年目の行員に担当させるなんて、私が責任者なら怖くてできませんな。五年目に貸付課に異動しましたが、一年で融資課に戻っています。十年目に渉外課へ行き、その半年後に退職しました」

椎野さんが銀行を辞めた経緯ですが、と星野がコーヒーをひと口飲んだ。

「銀行の将来に不安を感じたという理由で六月に退職願を提出、受理されています。その年の冬、彼はBASKETをオープン、翌年の九月、アメリカのメガバンクが倒産し、世界的な金融不況が起きました。椎野が言った通りになった、と行内でも評判だったそうです」

それはぼくも聞きました、と坪川は言った。

「同期の行員が感心してましたよ。椎野の嗅覚は鋭かった、いい判断だったと――」

どうですかね、と星野が首を捻った。

「確かに、金融不況が銀行業界に与えた打撃は大きかったでしょう。リストラや、ボーナスが下がったとか、そんなこともあったはずです。しかし、倒産したメガバンクは一行もありません。銀行に留まっていれば、無難に昇進したでしょう。社会的な信用、安定した収入、どう考えても銀行の方がバーのオーナーより上ですな」

それは結果論でしょう、と坪川はこめかみの辺りを搔いた。

「あの時はいくつかの地銀、信用金庫が経営破綻しています。そうなってからでは遅い、と椎野さんは判断したんですよ」

我々警察官を含め、公務員はよく批判の対象になります、と星野が声を潜めた。

「何しろ倒産しませんし、給料もベースアップも年金も保証されていますからね。しかし、メガバンクも構造は同じです。もしCIU銀行が倒産したら、日本経済そのものが破綻しかねません。国としても、救済せざるを得ないんです。結果論ではなく、椎野さんの人生はあらゆる意味で保証されていました。そのポジションを捨てて、小さなバーを開くのはかなりの冒険ですな」

そこは価値観の問題でしょう、と坪川は言った。

「自己都合で退職する警察官は少なくありません。銀行内で人間関係のトラブルがあったとしたら？　バーを開くのは椎野さんの高校時代からの夢で、一度きりの人生です。安定だけが人生ですか？」

そう言われると反論の余地もありません、と星野が両手を挙げた。

「しかし、椎野さんは二十六歳で結婚し、その二年後、流夏くんが生まれています。銀行を退職したのは三十三歳の時で、妻と五歳の子供がいるのに安定した仕事を捨てるのは、人としてどうなんですかね？　五歳の子供を抱えてのチャレンジは、リスクが高すぎますな。常連客によれば、ひと晩の客は多くて十人ほど、しかも週三日営業です。生活費だけでかつかつだったと思いますよ」

「個人経営の飲食店には節税の抜け道があります。利益や儲けのためにあくせく働くより、人生を楽しもうと――」

三日前、税務署へ行って話を聞きました、と星野が辺りを見回した。

「五年前、そして一昨年と、ＢＡＳＫＥＴは任意の税務調査を受けています」

「税務署員がそんなことを言ったんですか？　個人情報をぺらぺら喋るなんて……」

殺人事件ですからね、と星野がメモ帳の別の頁を開いた。

「彼らの調査は警察の捜査と同レベルです。何カ月も店を監視し、客の出入りをチェック、一日の平均客数、客単価、出入り業者、ゴミ箱を漁っておしぼりの数まで調べます。警察に引っ張りたいですな」

「それで？」

一日の客数は八・五人、客単価は四千円強、年間の売上は七百万円前後、と星野がメモをしまった。

「申告通りじゃないですか。何が問題なんです？」

坪川の問いに答えず、あの自宅ですが、と星野が話を続けた。

「約十五年前に購入しています。中古住宅ですが、不動産会社は八千万円前後と算定していました」

「場所柄、それぐらいはするでしょうね」

退職金や自己資金で四千万円を頭金に充てたとしましょう、と星野が取り出したスマホの画面を電卓に切り替えた。

「残金を三十五年ローンで支払うと、年間約二百万円になります。店の売上は七百万円、言うまでもありませんが、売上と利益は違います。生活費はもちろん、健康保険や厚生年金、流夏くんの学費、支出項目を考えると、毎月十六万円のローンは厳し過ぎますな」

「椎野さんのお父さんが亡くなって、遺産が入ったと奥さんが話してたじゃないですか。それで完済したと――」

それもおかしな話です、と星野が首を傾げた。

「椎野さんにはお母さん、そして両親と同居する兄夫婦がいた、と奥さんは話してました。遺産相続の順位はまず妻、子供はその後です。具体的には妻が半分を相続し、残りを子供の数で割ります。つまり、椎野さんが受け取るのは遺産の四分の一なんです」

「それぐらい知ってますよ。だから何だって言うんです？」

郵便局員のお父さんが一億円の遺産を残していたとは思えませんね、と星野がスマホを坪川に向けた。

「仮に一億あったとしても、椎野さんが受け取る額は二千五百万円です。そして、お兄さん夫婦はご両親と同居していました。二千五百万円を支払え、と弟の椎野さんが権利を声高に言い立てた？　そんなこと、あるはずないでしょう。法律論ではなく、同居している家族の権利の方が強いのは常識ですよ。では、ローン完済の金はどこから出てきたんですか？　そもそもですが、ローンを組んだ時には五年後にお父さんが亡くなるとわかっていなかったんです」

約十年銀行で働いていたんです、と坪川は星野を見つめた。

「椎野さんは資産運用をしていたはずです。融資課にいたのは銀行マンとして有能だったからで、ドル建て預金や株式投資、何だってできたでしょう」

投資で得た利益には税金がかかります、と星野が肩をすくめた。

「税務署が見逃すと？　もう一度聞きます。ローン完済の金はどこから出てきたんですか？」

「頭金が大きければ、月々のローンは低額ですみます。メガバンクのＣＩＵ銀行に十年勤めていたわけですから、退職金もそれなりにあったのでは？」

説得力がないのはわかっていたが、坪川としてはそう言うしかなかった。

しばらく無言でいた星野が中古車雑誌をデスクに置いた。

「車は見ましたか？」

「中古のＢＭＷでしたね」

ＢＭＷのＸ１です、と星野が頁を開いた。

「人気がある車種で、三年落ちだと相場は三百万円、ここに記事が載っています。近隣住人の話では、一年ほど前に購入、それ以前もＢＭＷに乗っていたそうです」

趣味はなかったと奥さんは話してました、と坪川は言った。

「でも、車好きならこだわりがありますよ。バーのオーナーで愛車はＢＭＷ。ちょいワルオヤジの夢じゃないですか」

「金のかかる趣味はなかった、と言ってたんです。三百万円の車は金のかかる趣味だと思いますな。興味本位で調べましたが、三年ごとに買い替えてました。ガソリン代、車検、車両税、維持費もかかります。その金はどうやって払ってたんです？」

五十万円のＢＭＷもあります、と坪川は雑誌の写真を指さした。

「値段はピンキリですよ。事故車なら安くなりますし、交友関係が広い男、と友人たちは口を揃えていました。中古車屋に友達がいれば、大幅な値引きもあったと思いますよ」

坪川さん、意地になってかばう必要はないでしょう、と星野が雑誌を閉じた。

「椎野さんの預金通帳、店の帳簿、その他資産状況はすべて確認済みです。パソコンやスマホも調べました。昔と違って、個人の資産状況はガラス張りですよ。隠し通すなんてできませんな」

どこかに出ませんか、と星野が時計に目をやった。十一時になっていた。

「どこへです?」

ランチです、と星野が立ち上がった。

「市ヶ谷駅の近くに、有名なカレーライスの店があります。前から行こうと思っていました」

「市ヶ谷?」

たまにはいいでしょう、と星野が大きく伸びをした。

10

「警察?」

会議室の扉を開けた江口に、今朝学校に電話があったの、と洋美はため息をついた。

九月十日火曜日の午後一時過ぎ、職員室で数人の教師が昼食を取っていた。

警察が何の用だ、と江口が椅子に座った。

「小学校の織川先生の件か? だけど、もう半年以上経ってるし、ぼくたち高校の教師も事情聴取を受けた。織川先生とは付き合いがないから何も知らないと答えたら、納得してたじゃないか」

電話を受けたのは教頭先生、と洋美は扉に目をやった。

「四年前に卒業した椎野流夏くんについて伺いたいことがあります、美術の先生に話を聞きたいと……担任の俵先生じゃなくて、どうしてわたしなの？」

椎野流夏、と江口がこめかみに指を当てた。

「愛想のない奴だろ？　生意気で、態度も悪かった。授業以外で話したことはないが、顔は覚えてる」

「一人だと怖いから、江口くんに付き合ってもらおうと思って――」

ノックの音に続き、扉が開いた。中肉中背、もじゃもじゃ頭の中年男と、がっちりした体格の三十代の男が立っていた。

警視庁の星野と申します、と中年男が頭を下げた。

「こちらは坪川巡査部長、警察は常に二人組で動いております……教頭先生に伺いましたが、美術の金原先生ですね？」

「はい、そうです」

座ってください、と江口が椅子を勧めた。

「私は金原の同僚の江口です。一人では心細いと彼女が言っているので立ち会いますが、構いませんか？」

もちろんです、と星野と坪川が並んで腰を下ろした。

「お昼時にすいません。確認の質問をいくつかするだけです。すぐ終わりますので、ご協力ください。四年前、神代高校を卒業した椎野流夏くんを覚えてますか？」

無口な生徒で、その意味で目立っていました、と江口が言った。

「成績はどうだったかな……良くも悪くもなかったと思いますよ。正直、名前を聞くまで忘れてました」

八月初旬に彼の父親が自宅で殺された事件はご存じですか、と星野が江口と交互に視線を向けた。いいえ、と洋美は首を振った。

「椎野くんのお父さんが殺された？　何の話ですか？」

報道では父親の名前しか出てませんので、と星野がカバンからクリアファイルを取り出した。新聞の切り抜き記事が挟まっていた。

毒入りチョコレート事件ですか、と江口がクリアファイルを手元に引き寄せた。

「八月十日の朝刊か……ニュースで見ましたが、彼の父親だったんですね。気づきませんでした」

無理もありません、と星野がうなずいた。

「そこまで珍しい名字ではないですからね。卒業生の父親の名前を覚えていたら、その方が不思議です。実は、事件が起きる前、私たちは被害者と奥さん、そして流夏くんと会っていました。今年の二月、神代小学校の織川先生が強盗に殺されましたが、流夏くんが現場の近くにいたことがわかり、不審な男を見ていないか、話を聞きに行ったんです」

「近くにいた？　どういう意味です？」

江口の問いに、防犯カメラに自転車で走っていた流夏くんが写っていたので、と星野が説明した。

「金原先生にお尋ねしたかったのは、流夏くんと織川先生の関係です。お互いが知っているということはありませんか？」

さあ、と洋美は首を捻った。確か椎野は高校からうちに入学したはずです、と江口が話を引き取った。

「うちは小中高一貫校ですが、中学、高校の入試を受けて入学する生徒もいるんです。校舎は並んで建ってますが、小学校、中学校、高校にはそれぞれ校門がありますし、はっきり分かれています。彼は織川先生の名前も知らなかったと思いますよ」

教師同士の交流もほとんどないんです、と洋美は言った。

「わたしも織川先生と話したことはありません。小学校からエスカレーター式に高校まで上がった生徒はともかく、椎野くんと織川先生に接点はなかったはずです」

わかります、と坪川が口を開いた。

「系列の小学校といっても、生徒には関係ありませんからね」

流夏くんですが、と星野が洋美に顔を向けた。

「どんな生徒でしたか？　高校で担任を務めていた俵先生には電話で話を伺いましたが、無口で友人がいなかったことしか覚えておられませんでした。しかし、あなたは違う印象をお持ちのはずです」

「なぜです？」

彼の家に絵が飾ってありました、と星野が言った。

「卒業した際、あなたが送った彼の絵です。父親に聞きましたが、流夏くんは絵の才能があるから続けた方がいい、そんな手紙がついていたと……あなたの名前は知りませんでしたが、美術の先生が詳しい話をしてくれるのはわかっていました」

ギフテッドについてご存じですか、と洋美は低い声で言った。

「最近になって、文部科学省が本格的な支援を始めましたけど、突出した才能を持つ者のことです。ギフテッドには二つのタイプがあり、英才型と2e型に分かれます。簡単に言えば英才型はオールラウンダー、2e型はスペシャリストで、椎野くんは典型的な後者でした。他はともかく、絵の才能は飛び抜けていたんです」

「絵を続けた方がいいと勧めたのはそのためですね？」

もっと強く言うべきでした、と洋美は目を伏せた。

「後悔しています。美術教師として十六年教えていますが、彼ほど才能のある者は他に一人しか知りません。彼も自分の才能に気づいていたはずです。絵を描きたいならいつでも連絡してほしい、と手紙に書き添えましたが、それっきりで……」

他にもいるんですかと尋ねた坪川に、うちの生徒です、と洋美は答えた。

「織川詩音、織川先生の娘さんです。高校のエントランスホールに絵が飾ってありますが、あれは彼女が描いたんです。今年の文科省主催の絵画コンクールで、最優秀賞に選ばれて――」

新聞で記事を読みました、と星野が大きくうなずいた。

「去年は優秀賞だったそうですな。流夏くんも記事で織川詩音さんを知ったんでしょう。新聞、テレビ、雑誌、ネットなどで大きく取り上げられていましたからね。詩音さんの方はどうでしょう？　流夏くんの絵を見たことはあるんですか？」

椎野が高校を卒業した時、彼女は中学一年生だったんです、と江口が苦笑した。

「同じ時期に高校に通っていたならともかく、織川は椎野の絵なんか見てませんよ。さっきも言いましたが、中学と高校の生徒間に交流はありません。もちろん、通学路が同じですから、カッコいい先輩に憧れるとか、可愛い後輩に思いを寄せるとか、そういうことはあるかもしれませんが、椎野はねえ……友人もいなかったぐらいで、そんな感じじゃなかったと思いますよ」

友人がいない、と星野が顎の辺りを掻いた。

「失礼を承知で申し上げますが、それはいじめに遭っていたとか、そういうことでしょうか？」

違います、と洋美は首を振った。

「本校でいじめがまったくない、とは言えません。教師が気づかないいじめもあります。でも、椎野くんに限って言えば、誰のこともいじめていませんし、いじめられてもいません。何と言えばいいのか……彼はすべての人間関係を拒絶していたんです」

「なぜです？」

わかりません、と洋美は肩を落とした。その理由を誰よりも知りたかったのは自分だ、という思いがあった。

椎野流夏の絵の才能は、高校生どころか美大生の域を遥かに超えていた。天才、と断言してもいいレベルだった。

天才には変人が多い、とよく言われる。社会性の欠如、非常識、コミュニケーション力不足。

性格的に何かが欠落している者も少なくない。

その中でも流夏は異質だった、と洋美は思っていた。欠落ではなく、意図的に何かを外している、と言えばいいのだろうか。

流夏が自らの周りに作った壁は高く、爪さえ立てられないほど硬かった。一ミリ低ければ、少しでも柔らかい部分があれば、彼に絵を描かせることができたかもしれない。

友人のいない高校生はおります、と星野が言った。

「しかし、一人もいないというのは……寂しくなかったんでしょうか？」

寂しかったと思います、と洋美はうなずいた。

「彼は誰よりも友人を欲していました。お互いを心の底から理解し合える友人です。性別や年齢と関係なく、わかり合える存在……とても真面目な性格でしたから、彼の基準を満たさないと、それだけでシャットアウトすることもあったかもしれません」

言われてみると、と横から江口が言った。

「椎野には熱狂的なファンがいました。同じクラスとか、一年下とかじゃなかったかな？　ほら、よくあるでしょう。寡黙な少年に恋をしがちなのは、今も昔も同じですよ。椎野は背も高かったし、イケメンでしたから、女子生徒から人気があったのはぼくも覚えています。でも、一切相手にしてませんでしたね」

ぼくの高校にもいました、と坪川が咳払いをした。

「高校に入ると、すぐにオートバイの免許を取って、一人でツーリングしてましたよ。男も憧れるような奴でしたけど、高校三年間で女子と話しているのを見たことがなかった気がします。でも、彼には男友達がたくさんいて、ぼくもその一人でした。何で女子と喋らないんだと聞くと、面倒臭いだけだ、と答えてましたね。椎野くんもそういうタイプだったんじゃありませんか？」

それも違う、と洋美は長い息を吐いた。流夏は友人を作るのを恐れていた。何かに怯えていた。

「本当に……変わった生徒でした。江口くんもそう思わなかった？」

椎野は誰にも興味がなかったんだよ、と江口が苦笑した。

「人であれ、何であれ、かかわろうとしなかった。それはうっすら覚えている。無口で自分の世界を持ってる生徒は学年に一人ぐらいはいるけど、椎野はそれとも違った。どう言えばいいのかわからないけど、自分の存在を消そうとしていた気がする。同じクラスとか、ファンだった女子はともかく、他は誰も椎野のことを覚えていないんじゃないか？　織川詩音は椎野を知らなかったし、彼の絵も見ていない。それは間違いないよ」

椎野くんの絵とわからなかっただろうけど、詩音は彼の絵を見ていると言った洋美に、どういう意味でしょう、と星野が首を捻った。

「気づかないうちに、流夏くんの絵を見ていた？　そんなことがあるんですか？」

わたしは彼の絵を職員室の机にファイリングしています、と洋美は言った。

「詩音の絵を見るたび、椎野くんのことを思い出して、時々見返していました。四月、詩音が美術部に戻りたいと言ってきた時、彼の絵を机の上に出していたんです。詩音は……とても熱心にその絵を見ていました。どう言えばいいのかわかりませんが、強く魅かれていた様子だったのは確かです」

なるほど、と星野がうなずいた。

「顔も名前も知らないけれど、描いた絵に強く魅かれた……ない話ではありません。感受性が豊かな人間ほど、本質を理解できるのでしょう。共鳴、と言ってもいいかもしれませんな。心が響き合ったんでしょう。先生のお話を伺っていると、もし二人が会っていたら、そんな風に考えてしまいます。きっと話が合ったでしょうな」

「星野さんにも、そういう方がいたんですか？」

思わず、洋美は疑問を口にした。星野の中に、後悔に似た思いがあるような気がしていた。だが、星野は答えなかった。

椎野くんの名前を教えたんですか、と尋ねた星野に、いいえ、と洋美は答えた。

「あなたの先輩、と話しただけです。その後も何度か職員室で彼の絵を見ていましたが、それが何か？」

「その絵を見せていただけますか？」

星野が強い口調で言った。

少々お待ちください、と洋美は会議室を出て、自分の席に戻った。星野と坪川が並び、洋美が取り出した絵を後ろから覗き込んだ。〝RS〟とサインがありますな、と星野が指さした。

「こちらの学校に学生名簿はありますか？」

昔とは違います、と洋美は苦笑した。

「わたしが採用された頃、もう学生名簿はありませんでした。学年ごとの電子名簿はありますが、個人情報なので卒業すると消去します」

卒業アルバムはあるじゃないか、と立っていた江口が言った。

「卒業記念に作ってるんです。学校にも何部かありますよ」

「それはどこに？」

図書館です、と江口が答えた。

「過去の卒業生の卒業アルバムを保管しているんです」

「四、五年前に卒業した生徒の写真もありますか？」

「ほとんどがスナップ写真ですけど、記念の集合写真も撮影しています。四、五年どころか、昭和の頃の写真も残ってますよ。それが何か？」

「後で確認させてください」

星野が流夏の絵に視線を向けた。

「彼の家でも見ています。素人が言うのも何ですが、凄い絵ですな。高校生が描いたとは思えません」

ギフテッドという言葉では足りません、と洋美は言った。

「描いているのは新宿御苑の桜ですが、彼の立体認識能力は天性のもので、学んで身につくものではないんです。彼がこの絵を描いたのは美術の校外授業の時で、四十分ほどで仕上げていたのを覚えています。無駄な線が一本もないのがわかりますか？　単なるデッサンや模写ではなく、完全に再現しているんです。ずっと後悔していました。無理やりでも彼に絵を続けさせるべきだったと……」

父親の話では、と星野が肩をすくめた。

「大学に入ると、ぴたりと描くのを止めたそうです。好きでやってたわけじゃない、授業だから仕方なく描いただけだ、本人はそう言ってましたが、どうも信じられませんな」

ぼくは何となくわかりますよ、と江口が口を開いた。

「絶対音感ってあるでしょう？　車のクラクション、雨音、洗濯機の作動音、あらゆる音が音符になるそうですけど、人によっては音に過敏になったり、生活面で不便なことが起きると聞いてます。絵の場合でも、似たようなことがあるんじゃないですか？　だから椎野は絵を描くのを止めた……好きじゃない何かに才能があっても、かえって困るでしょう？」

彼は、神代小の音楽の先生とお付き合いしているんですと言った洋美に、止めろよ、と江口が頭を掻いた。

「そうだよ、彼女の受け売りだ。でも、それなら説明がつくと思うけどね」

違う、と洋美は小さく首を振った。

椎野流夏は絵を愛していた。あるいは愛されていた。

本当に絵を止めたのなら、はっきりした理由があったはずだが、ほとんど話したこともないので推察すらできなかった。

エントランスに織川詩音さんの絵が飾ってあるそうですが、と星野が言った。

「急いでいたので気づきませんでした。どこにあるんです？」

ご案内します、と洋美は先に立って職員室を出た。廊下の中ほどにある階段を下りると、そこがエントランスだった。

校長の自慢なんです、と江口が正面の絵を指した。『文部科学省主催　全国学生絵画コンクール高校の部最優秀賞受賞作「再生」』、とプレートがあった。

「うちはいわゆる進学校ですし、スポーツの方もそれなりに名が通ってますけど、芸術関係はそこまでじゃありません。もっとも、日本の高校だとその辺は個人の資質に依《よ》るところが大きいんで、指導してどうなるってものじゃないと思うんですけどね」

校長としてはコンプレックスだったのかな、と江口が笑った。

「そこに彗星の如く織川が現れたんで、大喜びですよ。絵を飾れ、垂れ幕を作れ、公式ホームページに載せろ……単純に嬉しかったんだと思いますね。まあ、高校生では国内最大級のコンクールですし、素晴らしい絵なのはぼくでもわかるぐらいです。校長が舞い上がるのも、わからなくはありません」

絵が光っているようですね、と坪川が目を丸くした。

「新聞にも載ってましたけど、生で見ると迫力が違います。美しい、と素直に思える絵です。流夏くんの絵とは違って――」

いいえ、と洋美は首を振った。

「確かに、タッチは違います。詩音は美術部員で、小学生の時から指導を受けていました。椎野くんはほぼ独学でしょう。でも、二人の絵はよく似ています」

そうでしょうか、と星野が額を手でこすった。

「私に言わせれば、正反対に見えますな。画用紙とキャンバスですから、違って見えるのかもしれませんし、コンクール用に描いた絵と美術の授業で描いた絵が違うのは当然でしょう。よく似ているというのは……」

絵を描くには力が必要です、と洋美は手を上げた。

「能力ではなく、パワーという意味です。高校生の男女では筋力に差がありますから、それに見合った絵になるんです。似ているとわたしが言ったのは、二人の絵に共通する何かがある……そういうことです。絵には描く者の心が表れますが、そこが同じなんでしょう。前から、そう思っていました。瓜二つと言ってもいいぐらいです」

ぼくにもわからない、と肩をすくめた江口に、説明は難しい、と洋美は言った。

「伝わってくる何か……そうとしか言えない。詩音と椎野くんは会ったことも話したこともないし、椎野くんは詩音の顔すら知らないはず。でも、二人の間には通底するものがある。お互いの絵を見れば、何を考えているか理解し合える。テレパシーとか、超常現象の話じゃなくて……何と言ったらいいのかわからないけど、二人とも天才だからこそ通じ合えるのかもしれない」

興味深いですな、と星野がうなずいた。

「詳しい話を伺いたいところですが、その前に卒業アルバムを拝見させてください。図書館はどちらに？」

一緒に行きますよ、と江口が言った。

「ぼくも用事があるんで、ついでです」

よろしくお願いします、と星野が江口の肩を叩いた。二人が階段に向かった。

ずいぶん、と洋美は坪川に目をやった。

「変わった方ですね」

とんでもない、と坪川がため息をついた。

「ずいぶん、じゃありません。凄まじく変わってますよ。本人に自覚がないんで、周りも困っています」

坪川さん、と階段に足をかけた星野が振り向いた。

「科捜研に連絡して、法医学分野の公認心理師を捕まえてください。精神分析医とも連絡を依頼してもらえると助かります」

そのまま星野の姿が見えなくなった。図書館はどこですか、と坪川が額を手で押さえた。

「あの人を放っておくと、何をするかわかりません」

行きましょう、と洋美は歩きだした。エントランスのドアが開き、数人の生徒が入ってきた。

詩音の絵が外の光に反射していた。

11

九月十三日の夕方、星野がインターフォンを押すと、はい、と低い男の声がした。先ほどは電話で失礼しました、と星野が言った。

「いくつかわかったことがあり、それをお伝えするために伺いました」

インターフォンが切れ、すぐ玄関のドアが開いた。流夏が立っていた。

失礼します、と星野が家に入り、坪川はその後に続いた。

何か飲みますかと尋ねた流夏に、結構です、と手を振った星野がリビングの椅子に腰を下ろした。

「お母さんの体調はいかがですか？」

病院に行ってます、と流夏が答えた。体調不良を訴えた母親が心療内科に通っているのは、坪川も聞いていた。

「何がわかったんです？」

向かいの席に座った流夏に、犯人の狙いです、と星野が答えた。

「先日お邪魔した時、犯人はあなたとお母さん、あるいはお父さんも含め、三人とも殺すつもりだったかもしれない、と私は言いました。しかし、あれは間違いでした。犯人の狙いはお父さん一人です」

「なぜわかるんです？」

デパートの包装紙です、と星野が言った。

「チョコレートの箱を包んでいた紙を、断わりなしにお父さんが剝がしたとは思えません。開けていいかと尋ねたでしょう。つまり、犯人はお父さんがチョコレートを箱から出し、食べるのを見ていたんです。あなたやお母さんを殺すつもりなら、三人でどうぞと言って、止めたでしょう」

「それだけですか？」

「確証はありませんが、犯人は女性だと思われます。お母さんがいると、あなたも話しにくかったかと思いますが、お父さんの女性関係について、知っていることはありませんか？」

父と親しかった女性なんていませんよ、と流夏が眉間に皺を寄せた。

「愛想がよくて、世話好きで、誰とでもすぐ仲良くなる……父について、そんな話を聞いてるでしょう？　でも、昔の友達とＳＮＳで連絡を取り合うけど、会ったりはしない……そういう人だったんです。父は煩《わずら》わしい人間関係が嫌いでした。浮気なんか面倒ばかりで、父がするはずありません。家に入れたのは男ですよ」

今日お伺いしたのは、と星野が目配せした。前にも言ったけど、ぼくたちは二月に起きた強盗殺人事件の捜査を担当している、と坪川は話を引き取った。

「殺害されたのは、君が卒業した神代高校の系列小学校の織川先生だ。名前を聞いたことは?」

ないです、と流夏が横を向いた。この前ぼくたちがこの家に来た時、と坪川は先を続けた。

「織川先生が殺害された時刻、現場近くの千石線を走っていた三十代の男を見た、そう言ってたね?」

説明したじゃないですか、と流夏が向き直った。

「走っていく男を見たのは本当です。だけど、顔も服装も覚えてません。妙だとか、様子が変だとか、一瞬そう思っただけで、刑事さんがうるさく言うから、そんな男がいたって話しただけです」

思い出してほしい、と坪川は身を乗り出した。

「スーツを着ていたと言ってたね? 普通に考えれば会社員だけど、君はどう思った?」

「わかりませんよ」

「追い抜かれたから、顔が見えなかったのは仕方ない。でも、髪形は? 体格とか何か特徴とか――」

覚えてません、と流夏が言った。

「雨で髪が濡れてた気もするけど、それだけです」

「スーツの色は？」

「暗くて見えませんでした」

「三十代と言ってただろ？　どうして年齢がわかったの？」

「雰囲気ですよ。四十代って言われたら、そうかもしれません。半年以上前のことを無理に思い出せって言われても困ります」

「しかし……」

落ち着きましょう、と坪川の肩に手を置いた星野が、答えを強要するつもりはありませんと言った。

「警察の仕事は九割が確認です。そこはご理解ください。では、今日はこれで失礼します」

席を立った流夏がリビングのドアを開けた。さっさと帰れ、と言わんばかりだった。

外に出ると、背後で玄関のドアが閉まる音がした。目の前に停まったスクーターから降りた郵便局員が五通の封筒をポストに押し込み、隣の家へ向かった。

彼は嘘をついています、と坪川は言った。そのようですな、と星野がうなずいた。

犯行時刻の前後十分間の防犯カメラ映像を見直し、坪川は自転車で走る流夏の姿を確認したが、周囲に走っている男はいなかった。

自転車の推定速度は時速十キロ前後、ジョギングの平均時速は七キロ、ランニングは八キロだ。それだけのスピードで走っていた男を見逃すはずがない。

最初からいなかったんです、と星野が肩をすくめた。

「自転車を追い抜いて走っていく男に気づかないほど、私たちは間抜けじゃありません。彼は織川さんの死に関係しています。だから、嘘をついたんです。とっさについた嘘で、彼は頭がいいですから、失敗したと気づいたでしょう。今も曖昧な方向に証言を変えていましたが、次に会った時は取り消すと思いますな」

「ですが、嘘をついただけで、彼が織川さんを殺したとはなりません。例えばですが、誰かをかばっているとか、そんなことも考えられます。それに、動機は何です？　接点もなく、知らない男を待ち伏せ、強盗に見せかけて殺すなんて、どういうことでしょうか」

ぼんやりとはわかっております、と星野がこめかみに指を当てた。

「ただ、整理できていませんので、そこには触れません。しかし、それではあなたも納得できないでしょう。ですから、あの夜何が起きたのか、私の考えを話します。気になる点があれば指摘してください」

「わかりました」

織川さんが殺されたのは二月十六日の夜十一時ジャストでした、と星野が話し始めた。

「隣の倉本さん夫婦が悲鳴を聞いたのはその時刻で、他にも近隣住人の証言がありますから間違いないでしょう。その時点で、犯人は若葉通り……織川さんの自宅の前にいたんです。強盗目的の犯人があの辺りに潜んでいて、たまたま通りかかった織川さんを襲った……その線で捜査を進めていましたが、まずそこが間違っております。犯行時刻の数分前、犯人は自転車であの十字路を走っていたんです」

「強盗ではなかった？」

もちろん、と星野がうなずいた。

「北から南、あるいはその逆、東から西、あるいはその逆、要するにショートカットのためです。住人以外、入ったきり出てこなかった者はおりません。それは私とあなたで確認しました。自宅近くで強盗をする者はいませんし、そんなに頭の悪い犯人なら、とっくの昔に捕まっていたでしょう」

「そうですね」

「どこから入ってきたかはわかります。国道大塚線からだと、若葉通りの信号機の防犯カメラに写ります。自転車で走っていた犯人は都道A33号線の中央分離帯に阻まれ、地蔵通りに入れません。国道千石線から入れば織川さんを追う形になり、背後から刺すことになったでしょう。従って、犯人は都道小石川線を渡り、涼風ストリートに入ったと考えられます。小石川線の防犯カメラに写っていないのは、信号機のない場所で渡ったからですな」

カバンから住宅地図を取り出した星野が頁を開いた。赤い線が何本か引いてあった。

「誰かが話していたように、白山天神を通って小石川線を渡れば、かえって遠回りになります。そんな道を通ったはずがありません。涼風ストリートに近いこの路地から渡ったんでしょう」

「それで？」

「十字路近くで織川さんを見かけ、そのまま襲ったんです。殺意があったのか、そこはわかりません。おそらくなかったでしょう。その後、犯人は逃げました。自転車に乗った流夏くんが写っているのは国道千石線ですから、七味通りから出たんでしょう。私が考える犯人の動きはそんなところですな」

待ってください、と坪川は足を止めた。

「七味通りには織川さんの娘さんがいました。彼女は目撃者ですが、放っておいたんですか？」

「そうです」

「なぜです？　流夏くんに不審な点があるのは認めます。あの夜、三十代の痩せた男が走っていたと言い出したのもおかしいですし、レインコートを着ていたことを含め、身体的特徴が犯人像と近いのも確かです。しかし、何のために織川さんを殺したんです？　金目当てだったと？」

「愛想は悪いですが、流夏くんはいわゆる不良じゃありません。むしろ繊細なぐらいで、金のために人を殺したりはしませんよ」

流夏くんは織川さんを知らなかったんです、と坪川は眉をひそめた。

「動機もなく殺したとは思えません」

うっすら線が見えますが、と星野が天然パーマの頭を掻いた。

「今のままでは攻め手に欠けます。高校、中学、小学校まで遡って、流夏くんの過去を調べましょう。動機がわかるかもしれません」

「彼には友人がいなかったと聞いています。誰に当たればいいんです？」

同級生はいますよ、と星野が歩を進めた。強い湿気が辺りに漂っていた。

12

二日後、東千石署の捜査本部に橋本文雄から電話があった。七月の終わり、織川について話を聞いた男だ。

その後、同窓会に来ない荒城小の卒業生、三ノ輪凜子と原田奈美に連絡を取りたい、と星野が連絡していた。

「メールアドレスなら教えてもいいと奈美が言ってますけど、どうしますか？」

橋本の明るい声に、その場でアドレスを聞き、坪川はすぐメールを送った。長文で事情を説明すると、明日の夕方四時に外苑前《がいえんまえ》のカフェにいる、と短い返信があった。星野と話し、その時間に行きますと伝えた。

三時になり、坪川は星野と共に東千石署を出た。

地下鉄で外苑前駅に向かう途中、原田さんはクラスのアイドルだったそうですね、と坪川は言った。

「彼女に何を聞くつもりですか？」

「織川さんについてです」

それから電車を降りるまで、星野は何も言わなかった。表情が固かった。

彼女の証言は重要です、と改札を抜けたところで星野が口を開いた。

「しかし、事実を話すかどうか……自信がありません」

「なぜです？」

ようやく塞がった傷に指を突っ込む者はいません、と星野が歩を進めた。

指定された駅近くのカフェに入ると、大きな窓から神宮外苑のレンタルテニスコートが見えた。

四人掛けのテーブルがいくつかあったが、座っているのは数人のグループばかりだった。見回すと、窓際の席でスマホのスワイプを繰り返している小柄な女性が目に入った。

原田さんですか、と声をかけた坪川に、はい、と低い声で返事があった。

コーヒーを二つ、とウエイターにオーダーを伝えた星野が、あなたもどうです、と奈美にメニューを向けた。

「待たせてしまったようです。よかったらコーヒーでも……」

コーヒー苦手なんで、と奈美が言った。目の前のカップから、紅茶の香りが漂っていた。

友達が待ってるんです、と奈美が席にあったテニスラケットに触れた。

「フミから電話があって、あんまりうるさいから来ましたけど、殺人事件なんて興味ないし、関係ないし、何もわかりません」

「西東学院大学を卒業されたと聞いております。お仕事は何をされていますか？」

「関係ないでしょ？」

奈美がストローの袋を丸めた。来なければ良かった、という声が聞こえてくるようだった。

「聞きたいことがあるなら、さっさと聞いてください」

ウエイターがコーヒーをテーブルに置き、下がっていった。しばらく黙っていた星野が、今年の同窓会には出られますかと尋ねた。

「毎年、十二月の頭だそうですが、橋本さんも西村さんも会いたいとおっしゃってましたよ」

行く気ないんで、と奈美が横を向いた。

「あの二人、小学校から全然変わってないんです。ちょっとイラつくぐらいで……こっちは会いたくないんで、どうでもいいです」

「会いたくないのはあの二人だけですか？」

奈美が視線を逸らした。不意に、坪川の頭に高校の同級生の顔が浮かんだ。あたしなんか、というのが口癖の少女だった。

傷つきやすく、友達はいなかった。高二の秋に自主退学し、その後は知らない。

目の前にいる奈美と、彼女は同じ目をしていた。

ぼくたちは仕事で来ている、と坪川は身を乗り出した。

「殺人事件が起き、その捜査を担当しているんだ。でも、そんなのはこっちの都合で、答えたくないというなら、このまま店を出て行けばいい」

坪川は、あえて強い口調で言った。

奈美の怯えを、坪川は感じ取っていた。恐怖心を隠すために、虚勢を張っている。

「思い出すだけで苦しくなる記憶がある……それはぼくも知っているつもりだ。触れてほしくない、忘れたい、そう思っているなら、無理に話さなくていい」

すまなかった、と坪川は頭を下げた。周りの席から他の客が好奇の目を向けたが、気にならなかった。

奈美がラケットを摑んだ。両眼から大粒の涙がこぼれていた。

「あたし……怖くて……」

いいんだ、と坪川は奈美の肩に手を置いた。すすり泣く声が店内に広がった。

13

一時間後、奈美がカフェを出た。助かりました、と星野が軽く頭を下げた。

「あなただから、彼女は話したんです。言いたくなければ言わなくていい……まったくですな。私は自分の都合しか考えてませんでした。情けないですよ」

彼女は話したかったんです、と坪川は窓の外に目をやった。

「そうでなければ、橋本くんを通じてぼくたちに連絡先を教えなかったでしょう。ぼくは背中を押しただけです」

違いますな、と星野がコーヒーカップに指をかけた。

「どんな酷い傷でも目を逸らさず、寄り添ってくれるとわかったから、彼女はあなたを信じたんです……勇気のある強い女性ですな。おかげで、動機が明確になりました。一歩前進です」

「犯人は織川さんの犯した罪に気づいた……そうですね？　あの日、織川さんを尾行していたんでしょうか？」

違いますな、と星野が言った。

「千石駅と周辺の防犯カメラに、不審な男は写っていませんでした。また、織川さんの腹部の傷は前方からのものです。あの十字路で織川さんを見かけたのは偶然なんでしょう。殺害の意図もなかったと思いますな。去年の九月、犯人は織川さんの犯した罪に気づきましたが、確信はなかったんです」

「確信?」

織川さんの犯罪は目に見えません、と星野が顔を手のひらで拭った。

「被害者にしかわからない犯罪だからです。犯人はそれを知っていました。証言する者はいませんから、告発には証拠が必要です。想像ですが、犯人はかなり前から織川さんの動きを監視していたんでしょう」

誰かに見られている気がする、と坪川はうなずいた。

「織川さんは同僚にそんな話をしてました。犯人の視線ですね?」

おそらく、と星野がコーヒーを飲んだ。

「しかし、監視しても確証は得られないと犯人もわかったんでしょう。密室内で起きた犯罪は警察でも証明が難しいですからね……心証がクロなら、脅してでも止めさせる、そんなつもりだったかもしれません。ですが、あの夜、偶然あの十字路で織川さんを見かけ、かっとなって何も考えられないまま襲い、殺してしまった……そういうことだと思いますな」

隣の席で、四人の女性たちが笑い声を上げた。坪川は無言のまま、残っていたコーヒーを飲み干した。

14

視線を感じて、多佳子は顔を上げた。市ケ谷駅前のハンバーガーショップ。十メートルほど離れた奥の席に座っていた若い男が慌てたように目を逸らした。

九月十九日、秋の気配が訪れていたが、まだ外は暑かった。

「あの人……昨日もいたよね」

囁いた多佳子に、校門の前、と詩音が小さくうなずいた。

背が低く、顔色が青白い。大学生だろう。

男が見ているのは詩音だ。前にも似たようなことがあった。

中学三年の時、隣のクラスの男子生徒がつきまといを始めた。ただ見ているだけだが、傍から見ていても怖くなるほど粘っこい視線だった。

何も言えずにいる詩音を見かねて、変な男子がいる、と担任に訴えたのは多佳子だ。注意されて諦めたのか、しばらくするとつきまといは終わった。

大人びた顔立ち、整ったルックスのため、詩音の男子人気は高い。文科省のコンクールで最優秀賞に選ばれ、新聞やネットに顔写真が載ったため、町を歩いているだけで声をかけられたこともあった。

あの大学生もその一人だろう、と多佳子は思ったが、詩音を見る視線が気になった。好意ではなく、敵意が目の奥にあった。

ストーカーとつぶやくと、まさか、と詩音が首を振った。

気味悪い、と多佳子はオレンジジュースのストローをくわえた。

「先生に相談した方がいいよ」

男は詩音を見ているだけで、近づいてはこない。視線に気づいたのは昨日で、それまでは気配すらなかった。

何かヤバそう、と多佳子は囁いた。

「気をつけなよ。でも、難しいよね。下手に騒ぐと、何されるかわかんないし」

多佳子は男を睨みつけた。飲みかけの紙コップをテーブルに置いたまま、男がハンバーガーショップを出て行った。

15

九月二十日金曜日の午前十一時、坪川は渋谷道玄坂の緩い坂道を上がっていた。渋谷１０９から百メートルほど進むと、ＣＩＵ銀行渋谷支店が見えてきた。

「大きいですな」

後ろにいた星野が足を止めた。五階建てのビルで、他の支店と比べると二倍以上の規模があった。

受付で名前を言うと、五階になります、と女性行員がエレベーターを指した。アポは取っていた。

五階に上がり、最奥部のオフホワイトのドアをノックすると、どうぞ、と声がした。

ドアを開けると、窓に近い大きなデスクに座っていた男が立ち上がり、支店長の松野《まつの》です、と名刺を差し出した。一九〇センチ近い長身で、きれいな銀髪だった。

「警視庁の星野です。こちらは坪川巡査部長」

星野が警察手帳を提示すると、おかけください、と松野がソファを指した。

ノックの音と共に入ってきた女性行員が冷茶のグラスをテーブルに置き、小さく頭を下げて出て行った。

銀行もなかなか厳しくて、と松野が苦笑した。

「三年前、私が支店長になった頃、全支店で秘書室が廃止されたんです。昔とはいろいろ違ってますよ」

五十八歳と伺っております、と星野がソファに腰を下ろした。

「昔というほどのお歳ではないと思いますが」

双六で言えばここが上がりです、と松野が両手を広げた。

「当行の内規で、五十五歳以降に支店長になると、そこで銀行員としての最後を迎えることになるんです。先がある者はその前に本店に上がりますが、こんなものだろうと思ってますよ」

椎野のことでいらしたんですよね、と松野が軽く手を叩いた。

「ニュースで見たのか、同僚から聞いたのか……彼が殺されたのは知っています。電話でもお話ししましたが、彼は入行してすぐ渋谷支店に配属されました。ただ、私とはほとんど接点がないんですよ」

「勤務していた時期が違ったそうですね」

ひとつの銀行の歴史は、そのまま合併と統廃合の歴史です、と松野が長い指でグラスに触れた。

「うちはスリーメガバンクの一角で、四十七都道府県すべてに支店がありますから、どうしても異動が多くなります。新卒で入行してから三十五年の間に、私も十回以上転勤しました。椎野が入ったのは二十七、八年ほど前ですが、その頃、私もここで働いていました。ただ、一年ほどで埼玉の支店に移り、歳も離れていることもあって、彼と親しかったとは言えません」

「当時、松野さんのご担当は？」

「与信課長を務めてました。入行した時、椎野は窓口業務の担当でしたね。どこの支店に配属されても、入行一年目は研修期間のようなものですから、挨拶はともかく、他部署の課長と話す機会はほとんどありません」

警察も同じです、と星野が両手をこすり合わせた。

「交番勤務の警察官が本庁の一課長と話すなんて、考えられませんな。今日お伺いしたのは、椎野さんがこちらの支店に配属された経緯をご存じかと思いまして……」

当行では年間千人前後を採用します、と松野がうなずいた。

「書類選考、部課長面接、支店長面接、役員面接、流れはそんな感じですが、あの頃私は課長でしたので、面接官を命じられました。いわゆるグループ面接で、こっちは五人、学生は十人ほどです」

「松野さんが椎野さんの面接をされたわけですか？」

覚えてませんよ、と松野が苦笑した。

「私が面接しただけでも二百人以上はいました。そこから二十人ぐらいに絞り込むんですが、誰が誰やら、記憶はないですね。次が支店長面接で、丸ノ内、銀座、新宿、池袋、渋谷、我々は旗艦支店と呼んでますけど、大きな支店の支店長が面接をするんです。最後に役員面接があって合否が決まり、東京の本店で一括採用後にひと月ほどバンカー教育を行ない、それから千人を日本中の支店に配属します。人事担当者でも、一人一人のことは覚えてないでしょうね」

椎野さんは最初から渋谷支店でした、と星野が言った。

「本店の人事部長に伺いましたが、レアケースだそうですね。数字上は新入社員の十分の一が都内の支店に配属されるが、旗艦支店となると百人に一人いるかどうか……そうおっしゃってました」

その通りです、と松野が顎に人差し指を当てた。

「私もほとんど聞いたことがありません。ただ、研修の段階で優秀な者はわかります。そこは長年の勘ですよ。一本釣りで旗艦支店に配属させるのは、ない話じゃありません」

「優秀だと認められたから、椎野さんは渋谷支店に配属されたわけですか？」

どうなんですかね、と松野が声を低くした。

「人好きのする男でしたし、仕事の覚えが早かったのは確かです。しかし、特別優秀というわけではなかったと思いますよ。ランクで言えばBプラス、良くてAマイナスでしょう。それに、彼は私大出身ですからね」

どういう意味ですかと尋ねた坪川に、当行には東大閥、阪大閥という二つの派閥があったんです、と松野が言った。

「今は国立も私立も関係なくなりましたが、昔は私大出身の新入社員を旗艦支店に配属するなんて、考えられませんでした。まったくないとは言いませんけどね」

なぜ椎野さんだったんでしょう、と星野が冷茶をひと口飲んだ。銀行マンは保身が命です、と松野が薄笑いを浮かべた。

「我々が知らない太いコネを持っているとまずいんで、本店の人事部が椎野のバックを調べたと聞きました。それで、椎野を預かりたい、と当時渋谷支店長だった朝日さんが人事部に申し入れたそうです」

「支店長自らですか?」

朝日さんの父親はうちの役員だったんです、と松野が銀髪を手で梳《す》いた。

「その頃は相談役だったかな? 朝日さん自身も優秀な銀行マンで、椎野を寄越せと言われたら、本店も了承したでしょうね」

「朝日さんと椎野さんは何か接点があったんですか?」

支店長面接の時でしょう、と松野が言った。

「朝日さんは四十代の後半、四十七、八歳だったはずです。出身大学も年齢も違いますから、前から知っていたとか、そんなことはなかったと思いますよ」

ありそうなのは、と松野が冷茶に口をつけた。

「椎野が面接で自己アピールをして笑いを取ったとか、そんなことです。あいつは面白いな、と朝日さんが引っ張った……わりとよくある話でしてね。銀行は、お金相手というより人間相手の仕事ですから、自分の言葉で話せるのは優秀な証拠です。対人関係をうまく築けそうな人間は、誰でも欲しいと考えますよ」

「それは大事なことですな」

星野が大きくうなずいた。

当時の資料は残ってますかと尋ねた坪川に、とっくに処分してます、と松野が苦笑した。

「朝日さんはまだ銀行に残っておられますか? 話を伺いたいと……」

星野の問いに、八年ほど前に亡くなりました、と松野が首を振った。

「脳溢血で、七十歳ぐらいだったかな？　二十年ほど前に本店に戻り、最後は総務本部長でした」

「もうひとつよろしいですか？　椎野さんは十年ほどこちらに勤務していましたが、他の支店に異動していません。何か理由があったのでしょうか？」

「朝日さんの意向じゃないですか？　付け加えますと、旗艦支店に配属された新入社員は異動が少ないんです。幹部候補生ですからね」

そろそろ会議の時間なので、と時計に目をやった松野に星野が頭を下げ、支店長室を出た。

銀行の人事はよくわかりませんが、と坪川はエレベーターのボタンを押した。

「何というか……妙な感じがしました。朝日さんでしたっけ？　支店長の好き嫌いで配属を決めるんですか？」

かなり強引ですな、と星野が開いたドアからエレベーターに乗り込んだ。

「しかし、朝日支店長は優秀な銀行マンだった、と松野さんは話していました。実力があったんでしょう。お父さんも元役員、サラブレッドです。当時の状況を考えますと、表現は悪いかもしれませんが、椎野さんは私立の立慶大学卒でしたから、期待の新人じゃなかったと思いますな」

エレベーターを降り、銀行のエントランスを出た星野が渋谷駅に向かって歩を進めた。どうしたんです、と坪川は横に並んだ。

「そんなしかめ面をして……何が気になるんです？」

わざと軽い調子で言うと、椎野さんは変わった人ですな、と星野が言った。

「面接で十分か二十分話しただけの支店長に気に入られ、旗艦支店に引っ張られた。一年窓口業務をやっただけで、花形部門の融資課に移り、その後渋谷支店から動かなかった。よほど優秀だったんでしょう。しかし、あっさりと退職し、席数十四の小さなバーを開いた。そのバーは週に三日だけ営業、開店は夜七時、閉店は深夜十二時、満員になったのを誰も見たことがない店です。ですが、四ツ谷に一戸建てを購入、ローンは完済……なかなかユニークな人生ですな」

「人それぞれでしょう」

「性善説ですな。もちろん、人にはそれぞれ生き方があり、何が正しい、何が間違っている、そこは考え方次第です。椎野さんがそういう生き方を選ぶのは自由ですが、私の見方だとまともじゃありません」

「そうでしょうか？　人生の選択は個人が決めることで……」

あの人が歩んできた道は常識に沿っていました、と星野が言った。

「高校を卒業し、一浪したが大学には行っていません。高校での成績は悪かった、と多くの同級生が話していましたが、それでも大学進学を目指したのは、その方が後々有利になると踏んだからです。とはいえ、熱心に受験勉強をしたとは思えません。ランクの高低ではなく、大学を卒業することが彼にとって重要だった……大学生に人気があるＣＩＵ銀行に入ったのも、メリットが大きいと計算したためでしょう。私が思うに、椎野さんの行動原理はすべて損得ですな」

「損得？」

どんな仕事でも同じですが、と星野が話を続けた。

「そこには信念があるべきです。公益性と言ってもよろしい。社会への責任ですな。我々警察官は犯罪者を逮捕することで、社会に貢献します。わかりやすい仕事ですが、銀行員にも責任があります。社会が人体だとすれば、お金は血液のようなもので、運用によって社会全体を支え、より豊かにするという考えが根底にあるはずです。椎野さんは違いますな。信念があったなら、十年勤めた銀行をあっさり辞めるわけにはいきません。顧客への責任を考えず、自由に楽しく好き勝手な人生を送る……その選択は自由かもしれませんが、友人にはしたくありませんな。責任感がない者には、モラルがないからです」

「そうかもしれませんが……」

あの人が銀行を辞めたのは、と星野が足を止めた。

「金融不況を予想したからじゃありません。朝日支店長が亡くなったからです。庇護者を失い、それまでのようにはいかなくなると読んだんでしょう。頭のいい人ですな。私は好きじゃありませんがね」

「朝日支店長は関係ないのでは？　松野さんの話だと、椎野さんが辞める五年ほど前に本行に戻っていたわけですし……」

椎野さんを渋谷支店に留めておくぐらいの力はあったんでしょう、と星野が言った。

「どうもわかりませんな。面白い奴だから残した、そんな理由で本行の人事部が納得するとは思えません。無理を通したのは、よほどの事情があったんでしょう」

「よほどの事情？」

椎野さんと朝日支店長には強い関係性があったんです、と星野が小さく息を吐いた。

「椎野さんは渋谷支店を離れたくなかったでしょう。気持ちはわかります。誰だって地方の小さな支店には行きたくありませんよ。そして、朝日支店長にも椎野さんを目の届く支店に置いておく理由があった……椎野さんが銀行に入行する前から、あの二人はお互いを知っていたんでしょうな。そうでなければ、朝日さんが彼を渋谷支店に引っ張った理由が説明できません」

椎野さんは新卒で二十三歳でした、と坪川は指を折って数えた。

「その頃、朝日さんは四十七か四十八歳で、二十五歳ほど離れています。大学生と銀行の支店長ですよ？　どんな関係があったと？」

死人に口なしです、と星野がハンカチで汗を拭いた。

「二人とも墓場まで持っていきましたから、今となってはね……二十七年前、大学生だった椎野さんはメガバンク支店長の朝日さんと知り合いました。当時、椎野さんは就職活動中で、経済学部の学生ですから、銀行も視野に入れていたでしょう。ですが、昔は明確に大学による採用枠が決まっていました。立慶大学だと、よほど成績が良くない限り、書類選考で落とされたはずです」

「知り合いなら、書類選考ぐらい通したのでは？　そこから先は本人次第で、よくある話だと思いますが」

誰でもコネは使いますな、と星野がうなずいた。

「その後、椎野さんは部課長面接、支店長面接を突破します。しかし、これも妙な話で、さっきも言った通り、友人は多いが成績は悪かった、と大学で同じゼミだった者たちは口を揃えております。誉めてるつもりかもしれませんが、銀行の面接となると話は違いますな。面白い男、気が利く奴、それで入行できるほど、メガバンクは甘くありません。朝日さんが元役員の父親の手を借りて、強く推したから入れたんです」

「前から親しかったとすれば、朝日さんは椎野さんの人間性をよく知っていたはずです。出身大学や成績だけで合否を決めるわけじゃないでしょう。今では就職のエントリーシートに大学名の記載を不要としている企業もあります。昔は違ったと言うかもしれませんが、朝日さんは優秀な銀行マンだったそうですから、出身大学にこだわらなかったのでは？」

銀行が出身大学を重視し、大企業の社長や役員の子供を採用するのは、と星野が首を振った。

「そこに信頼があるからです。私たちの常識とは違う大金を動かす仕事ですから、ある程度はやむを得ないんでしょう。椎野さんがどれだけいい人でも、信頼は違う話ですな。では、なぜ朝日さんが強く推したのか……考えられるのは、椎野さんが朝日さんの弱みを握っていた可能性です。表に出れば人生が終わるような弱点ですな。朝日さんは椎野さんから、自分をＣＩＵ銀行に入れるよう脅迫されていた、だから、何としてでも入れなければならなかった。そう考えると辻褄《つじつま》が合います。渋谷支店に呼んだのは、それが椎野さんの提示した条件だったのか、または椎野さんを見張るためか、そのどちらかでしょう」

「表に出たら人生が終わるような弱点？　横領ですか？」

もっと酷いことでしょう、と星野がため息をついた。

「椎野さんの暮らしぶりから察すると、銀行に勤めていた頃はもちろん、辞めてからも二人の関係は続いていたと思いますな。実は、一昨日、古田係長に捜索差押許可状を出してほしいと頼みました。今日辺り、裁判所から届いているはずです」

「捜索差押許可状？　何を調べるんです？」

携帯電話会社と郵便局です、と星野が言った。

「どちらも個人情報を扱っていますから、ガードは鉄壁です。捜査令状がないと話も聞いてくれませんよ……それで、流夏くんの方はどうでしたか？」

星野と手分けして、流夏の小学校、中学、そして高校の同級生と連絡を取り、話を聞いていた。

小学校の同級生ですが、と坪川はスマホのメモアプリを開いた。

「スポーツと絵が得意で、友人も多かったそうですが、中学に入ると、今と同じ無口で無愛想、休み時間は自分の席に座って外を見ているだけ、そんな話ばかりでした。中学に入ってからは別人のようだった、と言ってた人もいましたね。何か理由があったんでしょうか？」

似たような話を私も聞きました、と星野がうなずいた。

「同じクラスだったが暗い奴という印象しかない、そんな風に話す人ばかりでした。友達が一人もいなかったのは確かです。ちなみにですが、小学校の友人とも連絡を絶っています。人間嫌いなんですかね？」

もうひとつ、と星野が話を続けた。

「去年の十二月、彼は神代小学校に行っています。高校の同級生……山部さんという方が流夏くんを見かけた、と話してました。神代小の校務員に確認したところ、確かにその頃、背の高い若い男がグラウンドを見ていたので声をかけると、神代高校の卒業生で、懐かしくなって来ただけだと答えたそうです」

「小学校のグラウンド？」

一度や二度ではないのかもしれませんな、と星野が言った。

「詳しく調べれば、流夏くんを目撃した者が出てくるかもしれません。彼は何をしてたんでしょうな……とにかく、本庁に戻りましょう」

星野が手を上げた。タクシーが近づいてきた。

16

恭介はスマホで時間を確かめた。午後二時四十分。

流夏の家から百メートルほど離れた路地に立ち、三時間が経っていた。家のインターフォンを押す勇気はなかった。

待つしかない、と恭介はつぶやいた。流夏と話さなければならない。

立ち続けていたので、足の感覚がなくなっていた。流夏の家の前の細い道だけを見ていた恭介の前を、見覚えのある影が通り過ぎたのは、それから一時間後だった。

どう声をかけていいのかわからないまま、恭介は流夏に駆け寄り、横に並んだ。

「椎野」

最後に話したのは四月で、その後流夏は大学に来なくなった。顔を見るのは五カ月ぶりだ。

「何か用か？」

速足で歩きながら、流夏が低い声で言った。話がある、と恭介も声のトーンを落とした。

「君のお父さんのことだ」

流夏が足を止めた。ニュースで見た、と恭介は早口で言った。

「心配してたんだ」

お前には関係ないと言った流夏の前に回り、待ってくれ、と恭介は両手を広げた。

「お悔やみでも言いたいのか？」

苦笑を浮かべた流夏に、そうじゃない、と恭介は首を振った。

「君のお父さんは毒入りチョコレートで殺され――」

トリカブトの毒だ、と流夏が言った。

「どうした、名探偵気取りか？　そうだよ、親父は殺された。何が知りたい？　詳しい話を聞きたいのか？　悪いが、俺も新聞やテレビのニュースで見たことしか知らない。それで良ければ、何でも話してやる。だが、話が終わったら二度と俺の前に姿を見せるな」

名探偵でもマスコミでもない、と恭介は流夏の腕を摑んだ。

「あの日、ぼくは君の家に行った。理由はわかってるだろう？　君にとって、ぼくは友達でも何でもない。うるさくつきまとって、しつこく話しかけてくる気持ちの悪い奴。そうだな？」

流夏が顔を背けた。ぼくは君が好きだ、と恭介は声を震わせた。

「友達になりたいとか、そんなことじゃない。ぼくは君を……だから、君の誕生日に家へ行った。ぼくには何もできない。誕生日のプレゼントを渡すこともだ。それはぼくが男だからで……せめて、誕生日おめでとうと言いたかった」

気づくと涙が溢れていた。本当は、と恭介は手の甲で涙を拭った。

「君の顔が見たかったんだ……もし君が出てきたら、その時は告白するつもりだった」

流夏は何も言わなかった。昼前から君の家の近くにいた、と恭介は言った。

「ずっと待っていたんだ。だけど……三時頃、君の家にあいつが入っていった。ぼくは顔を見ている。あいつが君のお父さんを――」

視線が交錯し、先に目を逸らしたのは流夏だった。

「携帯番号を教えてくれ。今夜、連絡する」

恭介は自分のスマホの番号を言った。流夏が手のひらにボールペンで数字を書き、その場を離れていった。

17

そう言われても、と白衣を着た五十代の男がペットボトルの水を飲んだ。首から下げたネームタグに、Ｄｒ．Ｋｏｍｕｒｏと名前があった。

心療内科は患者さんが多いそうですな、と星野が微笑んだ。

「警視庁でも通院している者が少なくありません。誰もが心を病んでいる時代です」

この数日、科捜研に紹介された大学の精神分析医を振り出しに、坪川は星野と共に心理カウンセラー、精神科医、セラピストと面会を続けていた。小室《こむろ》は五人目だ。

ＪＲ代々木駅から五分ほど歩いた雑居ビルの三階に、〝小室心療内科クリニック〟があった。九月二十五日水曜日、午後六時。診療時間が終わっているので、待合室には誰もいなかった。

セラピストの村山《むらやま》さんから連絡があって、と小室がしかめ面になった。

「警察が絵画療法に詳しい医師を捜している、会ってもらえないか……彼女から事情は聞いています。ぼくは絵画療法と箱庭療法をやってますけど、患者さんが描いた絵から、ある程度内面を推し量れるのは確かです。でも、それは教育と訓練を受けたからで、顔も名前も知らない者同士がお互いの絵を見ても、何をどこまでわかるかはケースバイケースでしょうね」

杏花医大の轟《とどろき》教授もそうおっしゃっていました、と星野がうなずいた。

「我々も無理に二人を結び付けようとは考えておりません。容疑者は固まりつつありますし、正攻法で捜査をすれば、いずれ逮捕できるでしょう。しかし、時間がかかります。現段階で、二人の容疑者には何の繫がりもないんです。それでは動機が解明できません。村山さんは十分に可能性があると話してましたが、やはりセラピストではなく医師の証言が必要だと――」

証言はできません、と小室がペットボトルをデスクに置いた。

「坪川さんでしたっけ？　あなたが送った二枚の絵を見ましたけど、ぼくは千里眼じゃないんでね。二人の関係性を証言するわけにはいきませんよ。参考意見レベルならともかく……」

それで構いません、と星野がメモ帳を取り出した。この粘り強さは警視庁一だろう、と坪川は思った。

小室もそれを感じたのか、仕方ないな、とパソコンの画面を向けた。

「ええと、箱庭療法についての説明は受けたんですよね？　幅七十二センチ、奥行き五十七センチ、高さ七センチの箱に砂を敷き、そこに患者……クライアントがミニチュアの人形や家を配置します。医師は見守るだけで、心に浮かぶ風景を表現してくださいと指示するんです」

没頭すると次々に箱庭の形状が変わるそうですねと言った坪川に、治療の効果があります、と小室がうなずいた。

「精神を病む者の多くはストレスを抱えています。その正体が可視化できないから不安になり、症状が現れる……メカニズムはそういうことです。箱庭を作ると、不安や悩みが具体的に見えてくるので、症状の改善に繋がります。絵画療法についても同じで、もっとダイレクトかもしれません。いずれも心を具体的に表現できますから、クライアントにとってわかりやすいんです」

医師の側にもメリットがあります、と小室が説明を続けた。

「ストレートに治療に結びつかなくても、クライアントの心理状態の把握の一助になりますからね。ただ、それだけですべてを判断できるわけじゃありません。誰もが言うように、最後の謎は脳なんです。心理、とひと言で言いますけど、脳の全機能は解明されていないので、何でもわかるとは言えませんよ。黙って座ればぴたりと当たるのは占いだけで、医師にそんなものを求められても困ります」

もちろんですな、と星野がうなずいた。一般的には、と小室がマウスをクリックした。画面に浮かんだのは稚拙《ちせつ》な絵だった。

これは七歳の男の子が描いた絵です、と小室がカーソルを動かした。

「三人が並んでいますが、左側の人の首に何かが刺さっているのがわかりますか?」

「わかります」

「セッションを重ねているうちに、それが男の子の父親で、ナイフで首を切られているのがわかりました。男の子には常習的な動物虐待癖があったんですが、父親からDVを受けていたため、殺人の代償行為として動物を苛めていたんです」

次はこちらを、と小室がマウスをクリックすると、二枚目の絵が出てきた。イラスト風のタッチで、女性の首に包丁が刺さっていた。

高校三年生の女子高生が描きました、と小室が言った。

「七歳の男の子とは違って、髪形や服装で刺しているのが女性だとわかります。結論から言うと、この女性は絵を描いた女子高生のクラスメイトで、隠れて交際していた担任の教師に二股をかけられていたんです。教師を独占したいと考え、それが潜在的な殺意になったわけですが、注目すべきなのは包丁の角度です」

小室が二枚の絵を重ね合わせると、男の子が描いたナイフと女子高生の包丁がぴったり重なった。

「他にも例があります……この絵を見てください。中学生の絵ですが、上辺では友人としてつきあっていた同じ学校の生徒の顔に、バツを書き込んでいます。もう一枚は上司のパワハラを受けていた男性社員が描いたいたずら書きで、やはり顔にバツを加えています。二つのバツはまったく同じ形ですが、おそらくDNAレベルで心の中にある憎悪を表現すると、ある程度似てくるんでしょうね」

質問させてください、と星野が手を上げた。

「年齢や環境が違っても、同じ表現をするんですか？　では、それぞれの絵を見ると、お互いの心理状態がわかると？」

そういうこともあるでしょうね、と小室がうなずいた。

「さっきの絵で言えば、七歳の男の子は自分の殺意に気づいていませんでした。彼に女子高生の心理を推し量る能力はありません。この時は了解を取って、男の子の絵を女子高生に見せたんですが、彼女は殺意を察したようです。口にはしませんでしたが、顔色が変わったので、私はそう判断しました。ただ、誰に殺意を抱いているのか、その理由は何か、そこまで詳しい理解はできませんよ。あなたたちが追っている二人は、お互いを知らないんですね？」

「そうです」

絵を見ただけでどこまでわかるか、と小室が首を傾げた。

「何とも言えません。ただ……あくまでも参考意見として聞いてほしいんですが、絵が持つ情報量はかなり豊富で、よく似た状況下にある者は相互理解が短時間で進みます。第一印象としてはまったく違うように見えても、根底に共通する何かがあることも珍しくありません。個人情報なので詳細は言えませんが、同じ理由で母親を憎んでいた年齢の違う二人が描いた絵の特徴がそっくりだった例もあるんです。心理的なシンクロが起きれば、お互いの本質や抱えている悩みを直感的に理解できても不思議だとは思いませんね」

「興味深いですな」

いつの間にか、小室の顔付きが変わっていた。星野の誠意に触発されたのだろう。

聞き込みに際し、星野に対して進んで証言をする者が多いのは坪川も知っていた。力になりたい、と思わせる何かが星野にはあった。

抽象的な言い方で申し訳ないんですが、と小室が言った。

「あなたたちが考えているように、顔も名前も知らない二人が互いの絵を見て、それぞれの状況や心理状態を察する可能性はあります。特に、性的虐待の被害を受けた者が描いた絵にその傾向が強いようです。他の医師に問い合わせてみてはどうです？　データが集まれば、間接的な証明になるでしょう」

手伝っていただけますか、と星野が頭を下げた。少し時間をください、と小室がスマホを取り上げた。

終章　霜夜

1

着信音が鳴ったのは、九月二十五日水曜日の夜十一時過ぎだった。すぐに恭介はスマホをスワイプした。

「遅くなって悪かった」

流夏の低い声に、いいんだ、と恭介はスマホを耳に当てた。

あの日、と流夏が言った。

「俺の家に誰か来たんだな？　何を見た？」

女の子だ、と恭介は答えた。

「高校生だろう。きれいな子だった。君のお父さんは庭で洗車していた。どっちから声をかけたのかはわからない。お父さんだと思うけど――」

どっちでもいい、と流夏が話を遮った。

「親父が女子高生を家に入れたのか……それで？」

十分か二十分ぐらいで出てきた、と恭介は言った。

「君のお父さんに毒入りチョコレートを渡したのは確かだ。持っていた箱に白丸百貨店のロゴが入っていたのを覚えてる。犯人がテナントの高級店でチョコを買ったのは、ネットニュースで読んだ。あいつが殺したんだ」

「その子が家を出てから、真犯人が家に来たのかもしれない」

ぼくは君を待っていたんだ、と恭介は声を高くした。

「君のお母さんが帰ってくるまで、家には誰も入っていない。夜八時過ぎ、パトカーと救急車が来た。何か起きたとわかって、その場を離れるしかなかった」

ニュースで君のお父さんが殺されたと知ったのは翌日の昼だ、と恭介はスマホを持ち替えた。

「犯人はあいつしかいない。顔も見ている。背はぼくよりちょっと低くて、白のブラウスに紺色のスカートを穿《は》いていた」

「そんな女子高生はどこにでもいる。四ツ谷に住んでいるとも限らない。探したところで、見つかりっこない」

顔に見覚えがあった、と恭介は机の引き出しを開け、新聞記事のコピーを取り出した。

「きれいな子だって言っただろう？ 時間がかかったけど、新聞に載っていたのを思い出したんだ。うちが取っているのは東洋新聞だから、図書館で遡って調べた。先週、やっと名前と学校がわかった」

間違いないのか、と流夏が言った。

「女子高生が親父を殺すはずがない。勘違いは誰にでもある」

あいつは神代高校の生徒だ、と恭介はスマホを握る手に力を込めた。

「校門の前で見張って、後をつけて顔を確かめた。絶対にあいつだ」

「確証はあるのか？」

「確証？」

親父がその女子高生を家に入れたとしよう、と流夏が声を潜めた。

「だが、お前は彼女が親父にチョコレートを渡したのを見ていない。そうだな？」

「見てはいないけど……」

親父はバーをやってた、と流夏が言った。

「客にもらったチョコかもしれない。あの日、俺もオフクロも用事があって出掛けてた。もらったチョコを思い出した親父がそれを食って、死んだのかもしれない」

「じゃあ、あいつは何で君の家に行ったんだ？」

知るかよ、と流夏が乾いた笑いを漏らした。

「パパ活で知り合ったんじゃないか？　家に入れて、何をするつもりだったのか……紅茶とチョコを出して、一緒に食べようと言ったが、先に食べた親父が倒れ、怖くなった女子高生は逃げ出した……その子が家を出てから、親父がチョコを食べたのかもしれない」

「そんな偶然、あるはずないだろう」

どうするつもりだ、と流夏が言った。

「神代高校の女子高生が俺の家に入ったのを見た、と警察に通報するか？　間違いだったら？　相手は未成年だ。騒ぎになってリスクを負うのはお前だぞ？　俺はお前が心配なんだ」

「椎野……」

ぶっきらぼうな流夏の口調の底に、思いやりが感じられた。

俺だって親父を殺した犯人が憎い、と流夏がほとんど聞き取れないほど声を低くした。

「お前を信じてるが、慎重になった方がいい」

わかってる、と恭介はうなずいた。

「だから、君に相談しようと思った。確かに、女子高生が君のお父さんを殺すなんて考えられない。仮にパパ活だとしてもだ」

「親父はそんなことをしない」

「でも、ぼくは見たんだ。どうすればいい？」

会って話そう、と流夏が言った。

「二人で考えるんだ」

「わかった。どこで会う？」

また連絡する、と流夏が通話を切った。頬を伝う涙を恭介は拭った。

2

九月二十七日の夕方四時、本庁十一階の会議室で古田が腕を組んだ。

「いきなり捜索差押許可状を取れと言われてもな……もっとも、裁判所は令状の自動販売機と揶揄されているぐらいで、そこはどうにかなったが、携帯電話キャリア三社、格安携帯電話会社と四谷西郵便局を調べて、何かわかったのか?」

では私から、と星野が口を開いた。

「四谷西郵便局の局員に話を聞いたところ、毎月、月末になると、殺された椎野さんの自宅に大量の封書が届くことがわかりました。五、六十通、二十五日以降に集中しています。今時、そんなに手紙が届く個人の家は珍しいでしょうな」

被害者はバーを経営していた、と古田が顔をしかめた。

「請求書、税金、保健所、いろいろあるだろう。自営業者なんだ。一般の家庭と比べるのは違う」

郵便局員は習慣的に消印に目が行くそうです、と星野が言った。

「勝手に目に入ってくる、と話していました。一種の職業病ですな。東京以外の消印が多く、局員同士の間でも、変わった家だと話が出ていたほどで、彼らが覚えているだけでも神奈川、千葉、埼玉、長野、山梨、新潟、青森、広島などがあったと……個人営業のバーにしては手広くやってますすな」

「元銀行マンだろ? 昔取引のあった会社とか、同期と手紙のやり取りをしていてもおかしくない。地方の支店で働いてる友人もいるだろう」

「近況報告なら、メールで十分でしょう。五十通以上の手紙が月末に集中して届くなんて、あり得ませんな。文通文化は八〇年代に滅びております」

皮肉は止せ、と古田が口を尖らせた。

「それがどうしたっていうんだ? 犯罪でも何でもないじゃないか」

星野の目配せに、携帯電話会社ですが、と坪川は報告を始めた。

「椎野正也、株式会社BASKET名義での契約はそれぞれ一台でした。それは想定済みで、調べたのは奥さん、そして息子名義の携帯電話です。結論から言うと、椎野流夏名義で登録されている携帯電話が二台あり、一台は十年前、もう一台は十七年前に契約していました」

「十七年前？」

「流夏くんが使用しているのは前者で、後者については本体の所在も不明です。料金は流夏くんの銀行口座から自動引き落とし、毎月の料金は約五千円、ほとんど通話料金がないので、メールの送受信といったデータ専用でしょう」

警察は椎野正也の資産状況を調べましたが、息子の通帳は見ておりません、と星野が言った。

「父親と息子は別人格ですから、当然ですな」

仕事で必要だったんだろう、と言った古田に、十七年前、流夏くんは五歳です、と星野が肩をすくめた。

「仕事も何も、使わない携帯電話を息子に持たせて、何をするつもりだったんでしょうな……もうひとつ、BASKETの近くにコインパーキングがあります」

「知ってる。報告書は読んだ。そこの防犯カメラ映像も調べたが、犯人は写っていなかったということだが」

「周辺の家にも防犯カメラがあるのはご存じですか？」

家庭用か、と古田がうなずいた。

「だが、数は少ないだろう。そこまで防犯意識は高くないんじゃないか」

専用の防犯カメラは一台もありませんでしたが、と星野が言った。

「周辺の四戸すべてのインターフォンに、カメラが内蔵されていました。宅配便や速達、誰かがインターフォンを鳴らすと、連動しているカメラが記録します。住人がインターフォンに出ると切れますし、記録する時間は長くても三十秒ほどですが、四軒の家を訪れ、映像を確認したいと申し入れました」

犯人が写っているはずがない、と古田が顔をしかめた。

「バーは殺された自宅から四、五百メートル離れている。インターフォンカメラの撮影範囲は周囲数メートルだろう。誰かがインターフォンを押さないと、カメラは動かない。偶然、犯人がその後ろを通ったと？　馬鹿馬鹿しい」

犯人ではなく、と星野が首を振った。

「探していたのは、コインパーキングに停まっていた車のナンバーです」

「車？」

四ツ谷の住宅街のコインパーキングです、と星野が数枚の写真のコピーを長机に置いた。

「普通に考えれば、都内のナンバーが多いでしょう。確認したところ、ほとんどがそうでした。ところが、日曜の夜に限定すると違います。月に一、二度、停まっている車の半分以上が地方ナンバーになるんです」

川崎、春日部、名古屋、と古田が写真のコピーに目をやった。

「新潟、石川ナンバーもある……大？　大阪か？　日曜の夜に親戚が集まる家でもあるのか？」

「大阪から車で来る親戚は珍しいでしょうな。すべてのナンバーを運輸局の自動車検査登録事務課に照会したところ、所有者十七人が判明しました。更に警察庁のデータベースに入力すると、前科のある者が三人いました。罪状は同じです」

「何だ？」

児童ポルノ禁止法違反です、と星野が答えた。古田が口をつぐんだ。

3

一昨日の夜、流夏と電話で話したが、それから連絡はなかった。夕方、恭介はリビングのソファでテレビを見ていたが、意識はスマホに向いていた。

着信音が鳴り、恭介は素早くスマホを開いた。流夏からのショートメールが届いていた。

〈今夜、会えるか？〉

もちろん、と返事をすると、九時に大濠公園、と文字が並んだ。

大濠公園は有名なデートスポットで、二十四時間開いている。それは恭介も知っていた。

〈了解。会おう〉

五分ほど待つと、わかった、とだけ返信があった。

スマホを摑み、恭介はソファから立ち上がった。キッチンで洗い物をしていた母親が顔を上げた。

「どうしたの？」

「何でもない」

平静を装って、そう答えた。今夜、流夏と会える。考えていたのはそれだけだった。

4

児童ポルノ禁止法ですが、と星野が説明を始めた。

「児童買春、児童買春斡旋、勧誘、児童ポルノ所持、提供、製造目的売買など、十項目に分かれます。三人の男性は児童ポルノ所持、つまり少年もしくは少女の下着写真、映像をインターネットで入手し、サイバーポリスによって摘発されています」

刑罰は一年以下の懲役、または百万円以下の罰金だ、と古田が不快そうな声を上げた。

「刑事なら誰でも知ってる。それで?」

三人とも初犯で執行猶予がついています、と星野が言った。

「SNSを通じて子供の下着や水着写真、動画を何点か持っていただけだと弁護士が申し立て、反省の念が認められたこともあり、実刑を免れました。写真の所持だけだと、それが限界でしょうな」

SNS上で家族写真をアップしている人は大勢います、と坪川はうなずいた。

「YouTubeやインスタで自分の子供の〝初めて〟をアップする親も少なくありません。スマホがあれば、簡単に撮影できますからね。初めての離乳食、初めてのプール、初めての海水浴、そんな写真もあるでしょう。子供の水着姿に興奮する者がいるなんて、親は考えませんよ」

テレビのバラエティ番組でも、と星野が肩をすくめた。

「小さな子供が初めておつかいに行ったり、水着姿で走り回り、転んで泣き出す番組を放送しております。テレビ局としては、微笑ましいぐらいの感覚なんでしょう。しかし、性的対象として見る者がいるのも確かです」

「他の車の所有者も同様の前科があるってことか？」

古田の問いに、あればデータベースに出てきます、と星野が言った。

「チャイルドポルノは発覚しにくい犯罪で、被害者の児童が犯人の意図に気づかない、あるいは恥ずかしくて誰にも言えない、そんな例はざらにあります。いわゆるグルーミングですな。ただ、彼らが集まるのは、理由があるんでしょう」

「写真や動画を交換するためか？」

もっと悪質です、と星野が暗い目になった。

「椎野正也の経歴には奇妙な点があります。ＣＩＵ銀行に入行後十年間、旗艦支店の渋谷から異動しておりません。そもそも出身大学、本人の学業成績から考えると、入行自体があり得ないんです」

「それで？」

入行には、支店長を務めていた朝日和雄《かずお》の意向があったようです、と星野がポケットから初老の男の写真を取り出した。

どういうことだ、と古田が口を真一文字に結んだ。

「椎野正也が大学を卒業した年、朝日支店長は四十七歳だと聞いている。二十四歳上だぞ？　意向も何も、どうやって知り合った？」

椎野と私はほぼ同世代です、と星野が自分を指さした。

「大学に入った頃、Ｗｉｎｄｏｗｓ95が発売されたのを覚えています。最初の本格的なパソコンブームだったかもしれませんな。しかし、坪川さんの聞き込みによると、椎野は高校生の時からパソコンを持っていて、詳しかったようです」

中学時代からという話もあります、と坪川はメモアプリに目をやった。

「インターネットが一般化する前、椎野がパソコン通信をしていたのは、同級生のほとんどが覚えていました。ヲタクだった、と話していた者もいます。調べたところ、一九九六年の段階でパソコン通信のユーザーは五百七十万人以上いたようです。Ｗｉｎｄｏｗｓ95の登場によって廃れましたが、椎野はユーザーの一人でした」

「それで？」

「パソコン通信の欠点は操作の不便さと閉鎖性ですが、メリットもあります。限られたメンバーによる趣味のグループを作りやすいんです。つまり、悪趣味な者が集まりやすい特性があったのは確かです」

続けろ、と古田が鼻をすすった。死体写真、海外のポルノ動画、猟奇殺人犯の情報交換などです、と坪川は例を挙げた。

「椎野の家へ遊びに行った高校の同級生の話では、好奇心でそういうグループの連中とチャットするようになった、と話していたそうです。その中にチャイルドポルノのグループがあったのも、同級生は覚えていました」

高校の時、椎野のあだ名は〝大富豪〟でした、と坪川は説明を続けた。

「ブランドの服や靴を買いあさったり、ゲームセンターで大金を使っていたのはクラスメイトのほとんどが知っていました。父親は茅ケ崎《ちがさき》の郵便局員で、一般的な家庭と言っていいと思いますが、その金をどうやって作ったのか……」

「確かにそうだな」

「これも高校の同級生の話ですが、椎野の趣味はカメラで、自宅の近くにある小学校のプールで撮影して、教師に怒られたことがあったそうです。彼が撮っていたのは低学年の少年だったので、冗談のつもりだったと謝ると、それで済んだようですが……おそらく、椎野は小学生の少年の水着姿や着替えの様子を盗撮して、それをチャイルドポルノグループのメンバーに売っていたんでしょう」

「そうやって大金を得たってことか？」

「三十年前でも、大人が児童の着替えを撮影するのは難しかったはずです。でも、高校生の椎野なら可能でした」

高く売れたでしょうな、と星野が顎を撫でた。

「まだ画像データの送受信が難しかった頃です。メンバーと直接会い、売っていたんでしょう。その一人が朝日支店長だった、と私は睨んでおります。就職するに当たり、椎野は朝日支店長を脅迫した。だから、ＣＩＵ銀行に入行できたんです」

証拠はあるのか、と古田が目を剝いた。

「なければ証明はできないぞ。朝日支店長は八年前に病死したんだろ？　そして、椎野も殺された。死人は何も語らない。真相は闇の中だ」

私は椎野の家に二度行っております、と星野が言った。

「リビングの壁に、スポーツ選手のユニフォームが飾ってありました。アメリカのメジャーリーグとスペインリーグのサッカー選手、それぞれ二枚ずつです。彼のバーの店名はBASKET……妙だと思いませんか？」

「どこがだ？　スポーツ好きなら、バスケットボールから店の名前をつけたっておかしくない」

店名にするほど思い入れがあるなら、と星野が肩をすくめた。

「マイケル・ジョーダンのユニフォームぐらい入手しますよ。椎野は野球やサッカーを好きでしたが、バスケットボールに興味はなかったんです」

「それなら、どうして店名をBASKETにしたんだ？」

調べるのに苦労しました、と星野が取り出したタブレットの画面に触れた。

「ようやく辿りついたのが、アメリカのスラングのデジタル辞書です。ここにBASKETの項があります」

星野が向けた画面を、古田が見つめた。

「BASKET……『男性器の形がわかる服のこと。その服を着ている子供』本当か？」

ゲイスラングです、と星野が言った。

「立慶大学にいた頃、椎野はチャイルドポルノのグループの運営を始めたんでしょう。その後パソコン通信からインターネットに場所を移し、ウェブ上のグループ名をBASKETに変え、店名にも流用したんです。スラングを知る者にとっては目印になりますからね」

銀行に勤めてからも続けてたのか、と古田が尋ねた。

「小学校に忍び込んで撮影したら、大学生でも逮捕されるぞ。社会人ならすぐクビだ」

メンバーの写真や動画の交換を管理していたんでしょう、と星野が答えた。

「頭のいい男です。危ない橋は渡りません。手数料ビジネスですな。重要なメンバーを脅迫していた可能性はありますがね。BASKETの店舗を貸していた東口という老人もその一人だったのでしょう。あの立地で月十万円の賃料は、事故物件以外あり得ません。小児性愛は世界的に精神疾患と位置づけられています。年齢は関係ないんです」

朝日支店長は本店の総務本部長でキャリアを終えています、と坪川は言った。

「CIU銀行の上層部も、彼の性的嗜好に気づいていたのでは？　銀行の役員がチャイルドポルノ愛好者とわかれば、その影響は計り知れない。危ないから昇進させるな、とトップが指示したんでしょう。朝日の父親が椎野の入行に手を貸したのは、断わればマスコミに情報を渡すと脅されたからだとすれば、辻褄が合います」

吐き気がしてきた、と古田が口に手を当てた。まだ終わっておりません、と星野が座り直した。

「椎野が銀行を辞めたのは、グループのメンバーに提供できる商品を準備できたためだったんです」

「商品？」

息子です、と星野が苦しそうに言った。

「BASKETがオープンした時、流夏くんは五歳でした。椎野は息子が二、三歳の頃から写真や動画を撮影し、メンバーに売っていたはずです。どんなポーズでも、局部のアップでも撮影できますし、安全で都合のいい商品です。椎野は五歳になった流夏くんをBASKETに連れていき、集まった男たちに性的な悪戯をする権利を売ったんです」

信じられん、と古田が呻いた。

「自分の息子だぞ？　どうかしてる」

椎野はそういう男です、と星野がタブレットを伏せた。

「写真や動画とは桁が二つ違ったはずですが、連中は喜んで支払ったでしょう。税金もかからない闇の収入です。流夏くんを売れば、銀行員以上の収入があるとわかり、あの男はあっさり銀行を辞めたんです」

古田の顔が強ばった。人間の欲望には限りがありません、と星野が口を開いた。

「行為はどんどんエスカレートしていったと思われます。流夏くんを裸にし、体に触れ、口に出せないこともしたはずです。お菓子やオモチャをくれ、可愛い子だと誉められ、大人たちが笑っていれば、五歳の男の子としては受け入れざるを得ません。グルーミングは彼が小学生になっても続き、いつからかはわかりませんが、性行為も始まったんでしょう」

地獄だな、と古田がつぶやいた。これはおかしいと彼も思ったはずです、と星野が額に手を当てた。

「しかし、誰に訴えろと？　父親がグループのまとめ役で、流夏くんへの性的虐待行為を斡旋していたんです。そして、母親もそれを黙認していた形跡があります。友達にも学校の先生にも言えません。恥ずかしいことをしている、これは悪いことだ、そんな意識は小学生にもありますよ」

「いつまでそんなことをしていたんだ？」

続いていたんです、と星野がため息をついた。

「BASKET周辺の家のインターフォンカメラに写っていたのは、流夏くんに性的虐待を加える者、それを見て興奮する者、撮影する者たちの車です。メンバーは五十人前後、その都度、椎野が十人ほどを呼んでいたんでしょう」

「五十人？」

「椎野の自宅には毎月末、五、六十通の封筒が全国から届いていると先ほどお話ししました。入っているのは現金でしょうな。椎野は男たちを地下室に集め、一人が流夏くんを犯し、他はそれを見て……」

もういい、と机を叩いた古田に、最後まで聞いてください、と星野が鋭い声で言った。

「椎野はその様子を隠しカメラで撮影していたんでしょう。こうした行為が露見すれば、彼らは終わりです。椎野に脅されて、口止め料を払い続けていた者もいたはずです」

動画を押さえろ、と命じた古田に、カメラは妻がとっくに処分しています、と星野が天井を見上げた。

「写真や動画のデータはメモリーに保管し、どこかに隠しているでしょう……椎野が賢かったのは、法外な金を要求しなかったことです。本来、現金を送るには書留封筒を使います。多額の現金が入っていれば、郵便局員も不審に思ったでしょうが、一万円札が数枚ならわかりません。椎野が作ったのは、細く長く絞り取るためのシステムだったんです」

仮に毎月三万円だとして、と坪川は補足した。

「ひと月で百五十万円、年間千八百万円です。自宅のローンを完済できたのは、その金があったからでしょう」

　五十人なら椎野一人で管理できます、と星野が眉間に皺を寄せた。

「次回は来月の第一日曜、と流夏くん名義の携帯電話からメールを送っていたんでしょう。いわゆるバーとしてのＢＡＳＫＥＴは、カモフラージュに過ぎません」

　椎野流夏とは二度会っている、と古田が声を絞り出した。

「彼は身長一八〇センチほどで、体格もよかった。大学生だぞ？　男たちの性的虐待を拒否できなかったのか？」

　被虐待児症候群、と星野が言った。

「日常的に虐待が続くと、子供は当たり前のこととして受け入れるようになります。大人の場合は被虐待症候群と呼ばれますが、暴力だけではなく、心理的なハラスメント、継続的な性的虐待も含まれます。流夏くんは生まれた時から性的虐待を受けていたんです。ある種の洗脳ですな」

「だから拒否できなかったのか？」

　流夏くんの絶望がどれだけ深かったか、と星野が話を続けた。

「感受性の強い少年です。傷つかなかったはずがありません。彼は心を閉ざし、誰のことも信用しなくなった。自殺しなかったのが不思議なくらいです」

「だが、耐え切れなくなって父親を殺した、そういうことか？」

　それは違います、と星野が首を振った。会員の誰かか、と古田が机を再び叩いた。

「脅迫から逃れるために椎野を殺した？　それとも、自分たちの罪に怯えたのか？」

　椎野は支払い能力のない者を会員にはしません、と星野が言った。

「銀行の融資課で長く働いていた男です。顧客調査はお手の物ですよ。小児性愛者は自分たちの行為を罪だと考えません。反省も後悔もなかったでしょう」

「では、誰が殺したんだ？」

まだわかりません、と星野が眉間を指で揉んだ。

「話が飛ぶようですが、もうひとつ報告がありまして……ただ、説明しても係長は納得しないでしょうな」

聞かなきゃ何とも言えん、と古田が吐き捨てた。それでは、とひとつ咳払いをした星野が口を開いた。

5

「何を言ってるの？」

大きくなりそうな声を、洋美は手で押さえた。九月二十七日の放課後、職員室で数人の教師が聞き耳を立てていた。

美術部を辞めます、と立ったまま詩音が言った。

「描きたくないんです。コンクールで賞を取ってから、頑張ってとか、応援してるとか、そんなことばっかり……プレッシャーっていうか、重いんです。もう嫌になりました」

待って、と洋美は詩音の細い腕を摑んだ。職員室にいた数人の教師が見ていたが、構ってはいられなかった。

「先生もあなたを傷つけたのかもしれない。あなたは繊細な性格だから、周囲の心ない言葉にナーバスになるのもわかる。でもね、絵を描き続けるのは――」

義務だって言うんですか、と詩音が洋美の手を払った。

「自分の夢を押し付けないでください」

言い捨てた詩音が職員室を出て行った。大丈夫か、と近づいてきた江口が言った。

「本気じゃないさ。周りが騒ぎ過ぎたから、重荷に思っただけだ。今は何を言っても反発するだけだろう。しばらく放っておけばいい。そのうち、やっぱり描きたいって言ってくるさ」

あの子は本当に絵を止める、と洋美は首を振った。

「今までも危ういところはあった。ぎりぎりのところでバランスを取っていたけど……」

文科省のコンクールで最優秀賞に選ばれたんだぞ、と江口が言った。

「周囲の期待が辛くなって、絵を止めると言ってるだけだ。しばらく様子を見て、うまく話せば戻ってくるって」

（違う）

詩音にとって重い何かがあった。それがあの子を追い詰め、絵を止めるしかなくなった。

あれほど芸術の神に愛されていた詩音から絵を奪ったのは何か。洋美にはわからなかった。

6

荒城小の卒業生と会いました、と星野が顎に手をやった。

「クラスで人気があった二人の女の子が一度も同窓会に来ない、と話していました。妙だと思いませんか？　言ってみれば、クラスのアイドルです。同窓会に顔を出さない理由はありません」

そうだな、と古田がうなずいた。女性に話を聞きました、と坪川は言った。

「彼女は……荒城小学校で織川に性的虐待をされていたんです」

「織川？　千石の教師殺しか？　なぜ、その話が出てくる？」

もうひとつ、と星野が指を一本立てた。

「神代小学校の教師を中心に、織川を偲ぶ会が開かれましたが、彼が担任を務めていたクラスの生徒は一人も来なかったそうです」

嫌な臭いしかしない、と古田が唇を噛んだ。

「神代小でも織川は生徒たちに性的虐待を繰り返してたのか？　それが椎野正也殺しと関係があると？」

そうです、と星野がうなずいた。

「織川は小学生を性的な対象と考え、欲望のはけ口にしていました。織川に好意を持ち、婚約まで した女性教師が破談にしたのは、それに気づいたからでしょう。織川がシングルマザーと結婚したのは世間体、そして義理の娘のためでした。つまり……あの男は自分の思うままになる女の子を手に入れたんです。毎晩、織川は少女のベッドに忍び込み、妻も見て見ぬふりをしました」

「そんなこと、あり得ないだろう」

妻は前の夫との生活で、常に経済的な不安を抱えていました、と星野が言った。

「彼女が欲していたのは安定した暮らしで、それを手放したくなかったんでしょう」

怖かっただろう、と古田が小さく息を吐いた。

「小学生の女の子だ。どれだけ怯えたか……母親がそれじゃ、誰にも話せなかっただろうな」

織川は家にいる少女に満足し、神代小学校では何もしていなかったようです、と星野が腕組みをした。

「多くの卒業生に話を聞きましたが、彼女らにそんな気配はありませんでした。ですが、義理の娘が中学に上がると、性的対象ではなくなったんでしょう。小児性愛者は一般的に思春期前の子に欲情します」

「勘弁してくれ」

「織川が殺害された時、クラスの生徒に我々は話を聞いていません。担任の先生が殺された事情を踏まえれば当然の配慮ですが、踏み込むべきだったかもしれませんな。性欲のはけ口を失った織川はクラスの女子生徒に手を出していたはずで、それは他の生徒もうっすらわかっていたんでしょう。偲ぶ会に誰も出なかったのは、無言の抵抗ですな」

「保護者は気づかなかったのか？」

親だから余計に言えなかったんです、と星野が肩をすくめた。

「変なことを言えば叱られる、恥ずかしい、そんな思いもあったでしょう。物静かで優しい先生、と評判の良かった男ですから、信じてもらえないと思ったのかもしれません。しかし、気づいた者がいました。椎野流夏くんです」

彼は神代高校の卒業生だが、と古田が顔をしかめた。

「織川との接点はない、お前たちがそう言ったんだぞ？」

お互い名前も知らなかったでしょうな、と星野がうなずいた。

「去年の九月、神代高校の一年生、織川詩音さんが描いた絵が文部科学省主催の絵画コンクールで優秀賞に選ばれ、新聞に彼女が描いた絵と顔写真が載りました。流夏くんはその絵を見て、自分と同じ性的虐待の被害者で、父親に犯されているとわかったんです」

「そんな馬鹿な……絵だけでわかるはずがないだろう」

ぼくもそう思いました、と坪川はうなずいた。

「ですが、精神分析医や心理カウンセラーに意見を聞くと、家庭内で性的虐待の被害に遭った少年や少女の絵には共通点が多いことがわかりました。研究や調査も行われていて、科学的な根拠もあるそうです。抑圧状態が長く続くと、その影響が無意識のうちに出てしまう……それは、絵の構図に最も強く現れますが、選択する色、配色にも同じ傾向があるので、被害者同士なら直感的に何が起きてるかわかる者がいるということでした。現在、他の心理学者、セラピストにも確認中です」

「しかし……」

「神代高校の美術教師によると、十六年教えていて、椎野流夏レベルの天才は織川詩音しかいなかったそうです。二人の絵から同質の何かを感じた、とも話してました」

流夏くんが詩音さんの絵を見たのは確かでしょう、と星野が言った。

「コンクールで優秀賞に選ばれた時、テレビやネット、新聞で取り上げられていたのは私も覚えています。天才少女現る、と大騒ぎでした。スマホのニュースサイトやトレンドワードにもなってたんです。大学生が気づかないはずがありません。彼は詩音さんの絵を見て、性的虐待を受けていると直感したでしょう。しかし、係長が言ったように、確信までは持てなかったはずです」

「当たり前だ」

「彼女が受賞したことを伝えるニュースの中に、父親のコメントもありました。そこには神代小学校で教師をしていると書かれていました」

だから彼は神代小へ行き、織川の様子を見ていたんです、と星野がため息をついた。

「それには目撃者もいます。性的虐待の証拠を見つけるか、それが無理なら暴力で脅してでも止《や》めさせるつもりだったと思いますな。流夏くんには被害者の気持ちが痛いほどわかっていたし、止《と》めなければならない、という思いもあったはずです。とはいえ、下手なことをすれば被害者の方が傷つきかねません。ジレンマを抱えているうち、あの日が来たんです」

最後まで聞こう、と古田が座り直した。

あの日、流夏くんは父親に命じられて、ツケを受け取りに西日暮里の豊田という常連客の家へ行きました、と星野が話を続けた。

「しかし、それは表向きの理由で、実際には売春のために行ったんです。店の常連だとしても、父親と同年配の男の家に三時間も留まる理由はありません」

性行為を終え、彼は雨の中を自転車で帰宅しました、と星野が取り出したタブレットで地図を開いた。

「あの日が初めてではなかったはずです。それまで流夏くんがどれだけ不快な思いをしたか、想像もつきません。人生に絶望し、どうなってもいい、と自暴自棄に陥っていたでしょう。西日暮里から四谷三丁目までは新千石五丁目を通り抜けるのが最短ルートで、彼もそのコースを走っていました。都道小石川線を渡り、涼風ストリートからあの十字路に入ったところに、織川がいたんです。その姿が豊田、あるいは彼に性行為を強要した男たちと重なり、気づいたら刺し殺していた……それが真相でしょう」

「子供を性的な欲望のはけ口にしていた織川への怒りと、売春を強いられていたストレスが重なり、衝動的に織川を殺したのはわからんでもない。だが、凶器はどうなる？　お前が言った通りなら、織川と出くわしたのは偶然だ。ナイフを用意していたとは思えん」

竹ペンは知ってますか、と星野がジャケットの内ポケットに手を入れた。

「凶器は鑑識も特定できていませんが、形状は判明しております。細長く、刀身に空洞がある凶器です。先週、銀座の大きな画材店に行って形を説明すると、これでしょう、と店員が教えてくれました」

星野が竹ペンをデスクに置いた。細い竹の先端が斜めにカットされ、切っ先は鋭かった。

「彼はこの竹ペンで織川を刺したんです。歩いていた織川を見かけ、それまで封じ込めていた彼の怒りが爆発し、襲いかかったんでしょう。その際、自転車が倒れた音を近くの住人が聞いております」

坪川、と古田が視線を向けた。

「竹ペンを鑑識に回せ。確認が取れたら、椎野流夏を押さえろ」

まだ話は終わっておりません、と星野が首を振った。他に何があるんだ、と古田が机を何度も叩いた。

7

夜八時半、恭介は大濠公園に着いた。ぽつぽつと照明がついているが、夜の公園は暗かった。

総合グラウンドの入り口で立っていると、九時を回った頃、近づいてくる足音が聞こえた。

「待ったか？」

流夏が近くのベンチに腰を下ろし、少し距離を空けて恭介も隣に座った。何を話していいのかわからないまま、口を閉ざしているしかなかった。

数分が過ぎ、流夏が顔を恭介に向けた。

「お前が見た女子高生だが……誰かに話したか？」

話してない、と恭介は首を振った。

「椎野が言った通り、女子高生に君のお父さんを殺す理由はない。警察に話した方がいいと思うか？」

考えたんだが、と流夏が長い足を組んだ。

「その女子高生が犯人なら、通報するしかない。だが、違ったら？　届け物をしに来ただけとか、そんなこともしれない。警察の取り調べを受ければ傷つくだろう」

そうだな、と恭介は中途半端に伸びていた前髪を払った。流夏の体から汗の匂いがした。

「でも……あいつを家に入れたのは君のお父さんで、君のお母さんが帰ってくるまで、家に入った者はいない。犯人でなくても、警察に事情を話す義務はあるんじゃないか？」

無言で流夏がうなずいた。照明に照らされた横顔が美しかった。

「もう少し考えよう……焦る必要はない」

ぼくもそう思っていた、と恭介は流夏の腕に触れた。

「勘違いだったら、取り返しがつかない。だから君と相談しようと……」

お前はいい奴だな、と流夏が笑った。止めてくれ、と恭介は慌てて首を振った。

「本当は……ぼく一人で決めるのが怖かったんだ」

立ち上がった流夏が歩きだした。恭介はその後ろに従った。

目の前に濠があった。夜九時過ぎ、濠の水が黒く見えた。

流夏が足を止めた。照明の陰になって顔は見えないが、迷っているのがわかった。

あの女子高生が流夏の父親を殺した。それは確かだ、犯人が逮捕されれば、それは流夏のためになる。

流夏への想いが受け入れられることはない。それでも、繋がっていたかった。

何があっても流夏が好きだ。その想いは一生変わらない。

佐々木、と流夏が左右に目を向けた。

「お前が見たのは神代高校の女子高生……名前も顔もわかってるんだな？　確かか？」

「絶対だ」

「誰にも話してない？」

「君だけだ」

ちょっと待て、と流夏が片手を上げた。

「小便だ……こっちを見るな」

了解、と恭介は目をつぶった。不意に風が鳴る音がして、同時に後頭部に鈍い衝撃が走った。

もう一度風が鳴った。そして、何も見えなくなった。

8

強盗を装うために財布を奪い、疑われないためにいつも使う地蔵通りを避け、七味通りに向かいましたが、と星野が言った。

「それが精一杯だったでしょう。恐怖と混乱で、彼は逃げるしかなかったんです。犯行を目撃していた詩音さんと七味通りですれ違いましたが、それにも彼は気づきませんでした。詩音さんは彼の顔を見ていましたが」

「見ていた？　なぜ言わなかった？　父親が殺されたんだぞ？」

犯人に感謝していたからです、と星野が答えた。

「何年も性的虐待を受け、口にするのも不愉快ですが、繰り返しレイプされていたのでしょう。少女がどれだけ傷ついたか……単純な恨みではなく、何層にも重なった怒りが彼女の中にあったんです。私だって、殺してくれた犯人をかばいますな。犯人の年齢、体格、特徴、そして逃げた方向、すべて嘘の証言をしたのは、犯人を救うためだったんです」

捜査本部、そして淀屋さんは詩音さんの証言に基づいた捜査をしました、と星野が話を続けた。

「父親を殺した犯人を娘がかばうはずがない……誰でもそう考えますな。鑑識の結果で犯人がレインコートを着ていたこと、隣の家の倉本さん夫婦の証言から、犯人が自転車に乗っていたことはわかったはずです。解剖により、身長や利き腕の情報も得ていました。ＳＳＢＣによる防犯カメラ映像の分析で、殺人現場周辺の人の流れも把握できましたから、客観的に判断すれば犯人の特定は可能だったんです」

「そうだ。なぜ……」

「詩音さんの証言によって、犯人が地蔵通りに向かったことになったからです。千石線を自転車で走っていた流夏くんのアリバイが成立し、誰も彼を疑わなかった……私と坪川さんは、後から先入観なく捜査をしているのでそこに気づいただけで、私たちが解決したと言うつもりはありません」

織川の妻を呼んで事情を聞こうと言った古田に、何も話しませんよ、と星野が首を振った。

「奥さんは夫が娘に何をしていたか知っていたんです。心の底では夫を憎んでいたでしょう。織川の保険金を早く支払えと催促したそうですが、慰謝料みたいなもの、何が悪い、と思っていたのかもしれませんな」

話はわかった、と古田がデスクを指で叩いた。

「椎野正也殺しの検討は後にしよう。しかし、流夏が詩音の絵を見て性的虐待に気づいたというのは……事実だとしても証明が難しい。一課長と相談するから、明日まで待て」

「そうですか……わかりました」

古田が足早にフロアを出て行った。九時半です、と星野が時計を見た。

「腹が減りませんか？　何か食べに――」

星野さん、と坪川は目を伏せたまま言った。

「椎野正也を殺した犯人について、なぜ触れなかったんです?」

証拠がありません、と星野が資料を揃えた。

「詩音さんが金原先生の机にあった絵のイニシャルに気づき、図書館の卒業アルバムを調べ、椎野流夏くんの名前を知り、写真で自分の義父を殺した男だとわかった……そこまではいいとして、流夏くんを救うために椎野正也を殺したというのは、古田係長も納得できないでしょう」

「そういう問題じゃありません。なぜ、彼女の名前を言わなかったんです?」

二件の殺人事件はそれぞれの犯人が意図していなかった交換殺人です、と星野が言った。

「二人は話したこともなく、相談したわけでもありません。ですが、お互いのために自分ができなかった殺人を実行した、私はそう考えていますが、証拠がなければ机上の空論もいいところで、下手に名前を出せば大問題です。捜査には順序があり、まずは流夏くんです。詩音さんのことは、それからでも遅くありません」

それだけですか、と坪川は囁いた。何も言わず、星野が席を立った。

9

九月二十八日土曜日、朝六時。

平井幸雄は日課のジョギングのため、市ケ谷のマンションを出た。

昨日は雲が厚く、小雨がぱらついていたが、今朝は陽が照っている。ジョギング日和だ。

大濠公園までは一キロ、その後公園内を一周してからマンションへ戻り、シャワーを浴びる。それが平井のルーティンだった。

リズム良く走りながら公園に入り、まっすぐ進んだ。濠沿いに走ると、陽光が濠の水に反射して眩しかった。

胸ポケットからサングラスを取り出した時、足が止まった。濠に赤黒い藻のような物が浮いていた。

近づくと、藻ではなかった。髪の毛だ。その下に白い腕が見えた。

尻ポケットからスマホを引っ張り出し、110、と震える指で平井は番号をタップした。こちら警視庁、という声が聞こえた。

10

朝七時、坪川は板橋本町のマンションを出た。駅までの道を歩いていると、スマホに古田係長から着信があった。

「千代田区の大濠公園で、若い男の死体が発見された。学生証から、被害者は明政大学経済学部四年の佐々木恭介とわかった。後頭部を鈍器で殴打され、濠に突き落とされたようだ。死体が見つかったのは三十分ほど前、こっちに連絡が入ったのは十分前だ」

係長、と坪川は足を止めた。

「明政大学の学生が殺されたんですか？　椎野流夏くんも同じ大学の四年生です。何か関係があると――」

星野に電話を入れた、と古田が呻いた。

「奴も同じことを言ってたよ……流夏が佐々木を殺したのか？」

わかるわけないでしょう、と坪川はスマホを強く握った。現場は木口に任せている、と古田が言った。

「流夏の家へ行け、と星野に命じた。お前もすぐ行ってくれ」

通話が切れた。坪川は通りを見渡し、手を上げた。タクシーが近づいてきた。

11

朝八時、真奈美のスマホが震え出した。スワイプすると、斉川か、と囁く声がした。

「椎野くん？」

真奈美はスマホを見つめた。佐々木恭介を覚えてるか、と流夏が言った。

「あいつを殺した。他にもある。親父を殺したのも、二月に神代小の先生を殺したのも俺だ。詳しく説明する暇はない。俺が三人を殺したと警察に伝えてくれ。話はそれだけだ」

「ちょっと待ってよ、いきなり何の話？　だいたい、どうしてあたしの携帯番号を知ってるの？」

どうでもいいだろう、と流夏が笑った。

「佐々木が俺につきまとっていたのは知ってるな？　あんまりしつこいんで、かっとなって石で殴り殺したんだ。石は大濠公園の濠に捨てた。親父は何でも干渉してくるんで腹が立って、毒入りチョコレートで殺した。前から気に食わなかったんだ」

親父は小遣いもくれなかった、と流夏が舌打ちした。

「誰でもいいから金を巻き上げようと思って、二月、新千石で歩いていた中年男を脅したら、傘で殴られて、思わず持っていた竹ペンで刺した。大学へ行かなくなったのは、それどころじゃなくなったからだ」

どこにいるの、と叫んだ真奈美に、俺が現場近くにいたのは警察も知ってる、と流夏が言った。

「このままじゃ逮捕される、逃げるしかないと思って、凶器の竹ペンを入れた画材ケースを玄関のゴミ箱に捨てた。証拠隠滅のつもりだったが、お前がそれを持っていくのを見た。まだ持ってるな？　それを警察に渡せばいい。俺が自白したと伝えろ。わかったな？」

そんなことできない、と真奈美はスマホを強く握った。

「あなたが三人を殺したなんて、信じられない」

約束してくれ、と流夏が怒鳴った。

「必ず警察に伝えると……俺は、誰のことも信じない。知ってるだろ？　だが、お前のことは――」

「待って。警察にすべて話す。約束する。でも、その前にあなたと会いたい。お願い……」

溢れた涙が頬を伝った。すまない、と静かな声で言った流夏が通話を切った。

12

黒煙が空に向かって伸びている。四谷左門町のバー、BASKETから炎が上がっていた。

消防士が放水を続けている。坪川は二十メートルほど後方でそれを見ていた。

一一九番通報があったのは午前八時二十分です、と隣に立っていた星野が言った。

「消防車が到着したのはその五分後、火勢が激しく、手がつけられなかったと聞きました。流夏くんが火をつけたんでしょう」

正面のドアから飛び出してきた二人の消防士が面体を外した。白い煙が風に乗って消えた。

目を伏せたまま、二人が首を振った。流夏くんの死が確認されたようです、と星野が囁いた。

「私のミスです。彼がここで自殺を図るかもしれない、と係長に伝えるべきでした。流夏くんが性的虐待を受けていた場所です。跡形もなく燃やしたかったでしょう」

古田係長から連絡がありました、と坪川は握っていたスマホに目をやった。

「明政大学で同じゼミだった斉川真奈美さんから警察に通報が入ったそうです。

「今朝、流夏くんから電話があり、三人を殺したと話したと……彼女は流夏くんが捨てた画材ケースを持っていて、その中に織川を刺し殺した凶器の竹ペンがあると言っています」

「なるほど」

ですが、と坪川はスマホをポケットにしまった。

「椎野正也が毒入りチョコレートを食べて死んだ時、流夏くんは携帯ショップ、そして図書館にいました。アリバイがあるんです。どうやって父親を殺したと？」

毒入りチョコを用意し、犯行当日の朝、父親に渡したんでしょう、と星野が首を振った。

「彼が父親に激しい殺意を抱いていたのは確かです。性的虐待に目をつぶっていた母親への殺意もあったかもしれません。二人とも殺すつもりだったが、食べたのは父親だけだった、そんなところだと思いますな」

止めてください、と坪川は星野を睨んだ。

「いつ、どこで、流夏くんはトリカブト毒を抽出したんです？　神代高校の化学教師の話では、六月に織川詩音が実験室のビーカーなどを割ったが、後で調べると数が合わなかったそうです。詩音のスクエアリュックからガラスが触れ合う音がした、と同じクラスの生徒が話していました。彼女は実験室から実験器具を持ち出し、トリカブト毒を抽出したのでは？　つまり、椎野正也を殺したのは――」

流夏くんです、と星野が目を逸らした。

「幼い頃から性的虐待を受け、人生をめちゃくちゃにされたんです。彼の中にどれほどの憎悪があったか……しかし、流夏くんは父親の支配下にありました。殺す以外逃げ道はなかったんです」

「しかし――」

椎野正也は息子の体を売っていました、と星野が口元を歪めた。

「悪魔でもそんなことはしません。殺人ではなく正当防衛ですよ。今となってはどちらも同じですが」

「殺人は殺人です。椎野を殺した犯人は――」

女子高生が抽出したトリカブト毒をチョコレートに混入した、と星野が表情のない顔で言った。

「誰がそんな話を信じると？　あなたが会議でそんなことを言い出したら、私は全力で止めますな。同僚が笑い者になるのは見たくありません」

「星野さん……織川詩音をかばうんですか？」

犯人は流夏くんです、と星野が言った。

「彼は友人に犯人しか知り得ない秘密の暴露をしております。三人を殺したのは彼です」

父親殺しは違います、と坪川は唇を強く噛んだ。

「ぼくもある種の正当防衛だと思いますが、織川詩音が罪を犯したのは事実で、それは償うべきです」

刑法36条1項の条文にこうあります、と星野が空を見上げた。

「『急迫不正の侵害に対して、自己又は他人の権利を防衛するため、やむを得ずにした行為は、罰しない』……償う必要などない、と法律が保障しているんです」

流夏くんは長期にわたり、異常で残酷な行為を強要されていました、と星野が言葉を重ねた。

「誰にも話せず、相談も、訴えることもできなかった。どれほど悩み、苦しんだか……それ以上の苦しみの中にいる少女を守るために殺人の大罪を犯し、その責任を取ったんです。彼の願いを守るのは私の義務です」

「でも、このままではすべての罪を彼が被ることになります」

彼は話したことすらない少女を守ろうとしました、と星野が焼け落ちたバーの壁に目をやった。

「そのためにも自分の人生がある、とわかっていたんです。彼は誰のことも信じようとしなかった。ですが、絶望の底に落ちた時、初めて彼は人間を信じると決めたんです。真実に気づく者がいても、沈黙を守ってくれると……その信頼を裏切ることはできません」

バーの屋根が落ち、火の粉が舞った。炎の勢いが弱くなった。

ですが、と星野が渋面を作った。

「私たちにはコインパーキングの車のナンバーがあります。車の所有者が流夏くんに性的虐待を加えていたのは確かです。今日は九月二十八日。この数日で、椎野家のポストに何十通もの封筒が届くでしょう。彼らは抵抗できない少年を欲望の赴くまま犯し、その心を殺しました。彼らは歴《れっき》とした殺人者です。全員を逮捕するまで事件は終わりませんし、終わらせません」

はっきり言いますが、と星野が背広の襟を立てた。

「どんな手を使ってでも奴らを逮捕します。私が何でもすると言った時は、本当に何でもします。まともではない鬼畜相手に、まともな手を使う理由はありません。何年かけても全員逮捕して、生まれてこなければ良かったと思った時、この事件は終わります」

戻りましょうか、と星野が背を向けた。

始まったばかりだ、と坪川はつぶやいた。道路を白い煙が覆い、星野の姿が見えなくなった。

13

可愛く描いてと言った多佳子に、わかってる、と詩音が絵筆を握り直した。

放課後の教室に残っているのは二人だけだった。窓から差し込む夕陽が教室を金色に染めていた。

多佳子は教室の後ろに置いた椅子に腰掛け、体を少しだけ左に向けた。

もう絵は止めると言った詩音に、それなら最後にあたしを描いて、と頼んだのは三日前だ。一度は断られたが、頼み続けると、仕方ないか、と詩音がうなずいた。

描き始めてから一時間半が経っている。会話はほとんどなく、教室は静かだった。

詩音が一歩下がって多佳子と絵を見比べ、点や線を描き加え、また下がった。その繰り返しが続いた。

すべてが整い、調和していた。この光景こそが絵なのだろう。

終わり、と詩音が絵筆を置いた。多佳子は椅子から下り、イーゼルの前に回った。

「うそ！　可愛過ぎる」

リクエストにお応えしました、と詩音が一礼した。ウォーターフォードの水彩紙に多佳子の顔が描かれていた。

プレゼント、と詩音が水彩紙を差し出した。

「最後の絵なんだから、大事にしてよね」

詩音、と多佳子は囁いた。

「絵を止めちゃ駄目だよ。そんなの、誰も望んでない」

止めるって言ったでしょ、と目を伏せた詩音の肩に多佳子は手を置いた。

「誰かのために絵を止めるんでしょう？　でも、それは違う。その誰かは詩音に絵を描き続けてほしいって、心から願ってる」

そんなはずない、と詩音が首を振った。表情が強ばっていた。

「だって……許されるわけない」

多佳子は手に力を込めた。

「じゃあ、あたしが許す。詩音の絵で、誰かが救われる。きっと、その人もそれを望んでる。だから、絵を続けて」

勝手に口が言葉を紡いでいた。本当に、と詩音の唇がかすかに動いた。

「本当に……そう思う？」

絶対、と多佳子はうなずいた。

「詩音は何も悪くない。だから描いていい」

顔を背けた詩音が頬を拭い、笑みを向けた。

「疲れちゃった……いつもの店でドーナツ食べない？　付き合ってよ」

机の引き出しに絵をしまってから、多佳子は教室を出た。

渡り廊下が左右に伸び、前を詩音が歩いている。光が反射して眩しかった。

行こう、と多佳子は詩音の肩を叩いて走りだした。

【初出】
「小説推理」二〇一九年一〇月号～二〇二〇年一一月号
作中に登場する人名・団体名は全て架空のものです。

五十嵐貴久　いがらし・たかひさ

一九六一年東京都生まれ。成蹊大学文学部卒。二〇〇一年『リカ』で第二回ホラーサスペンス大賞を受賞してデビュー。以降、ミステリーや警察小説、青春小説、時代小説等次々と発表し好評を博する。〇七年『シャーロック・ホームズと賢者の石』で第三〇回日本シャーロック・ホームズ大賞を受賞。〇八年『相棒』で第一四回中山義秀文学賞候補、一一年『サウンド・オブ・サイレンス』で第二八回坪田譲治文学賞候補。他の著書に『交渉人』『贖い』『鋼の絆』『サイレントクライシス』など多数。

十《じゅう》字《じ》路《ろ》

二〇二四年三月二三日　第一刷発行

著者　五十嵐貴久
発行者　箕浦克史
発行所　株式会社双葉社
〒162－8540　東京都新宿区東五軒町3－28
電話　03－5261－4818（営業部）
03－5261－4831（編集部）
http://www.futabasha.co.jp/
（双葉社の書籍・コミック・ムックが買えます）

印刷所　大日本印刷株式会社
製本所　株式会社若林製本工場
カバー印刷　株式会社大熊整美堂
DTP　株式会社ビーワークス

© Takahisa Igarashi 2024 Printed in Japan

落丁・乱丁の場合は送料双葉社負担でお取り替えいたします。「製作部」あてにお送りください。ただし、古書店で購入したものについてはお取り替えできません。
［電話］03－5261－4822（製作部）
定価はカバーに表示してあります。
本書のコピー、スキャン、デジタル化等の無断複製・転載は著作権法上での例外を除き禁じられています。本書を代行業者等の第三者に依頼してスキャンやデジタル化することは、たとえ個人や家庭内での利用でも著作権法違反です。

ISBN978-4-575-24728-2 C0093